プラチナ文庫

Platinum Label

従者《フォロワー》にあらず

樋野道流

"Follower ni Arazu"

presented by Michiru Fushino

プランタン出版

イラスト／ウノハナ

目次

従者《フォロワー》にあらず……7
あとがき……270

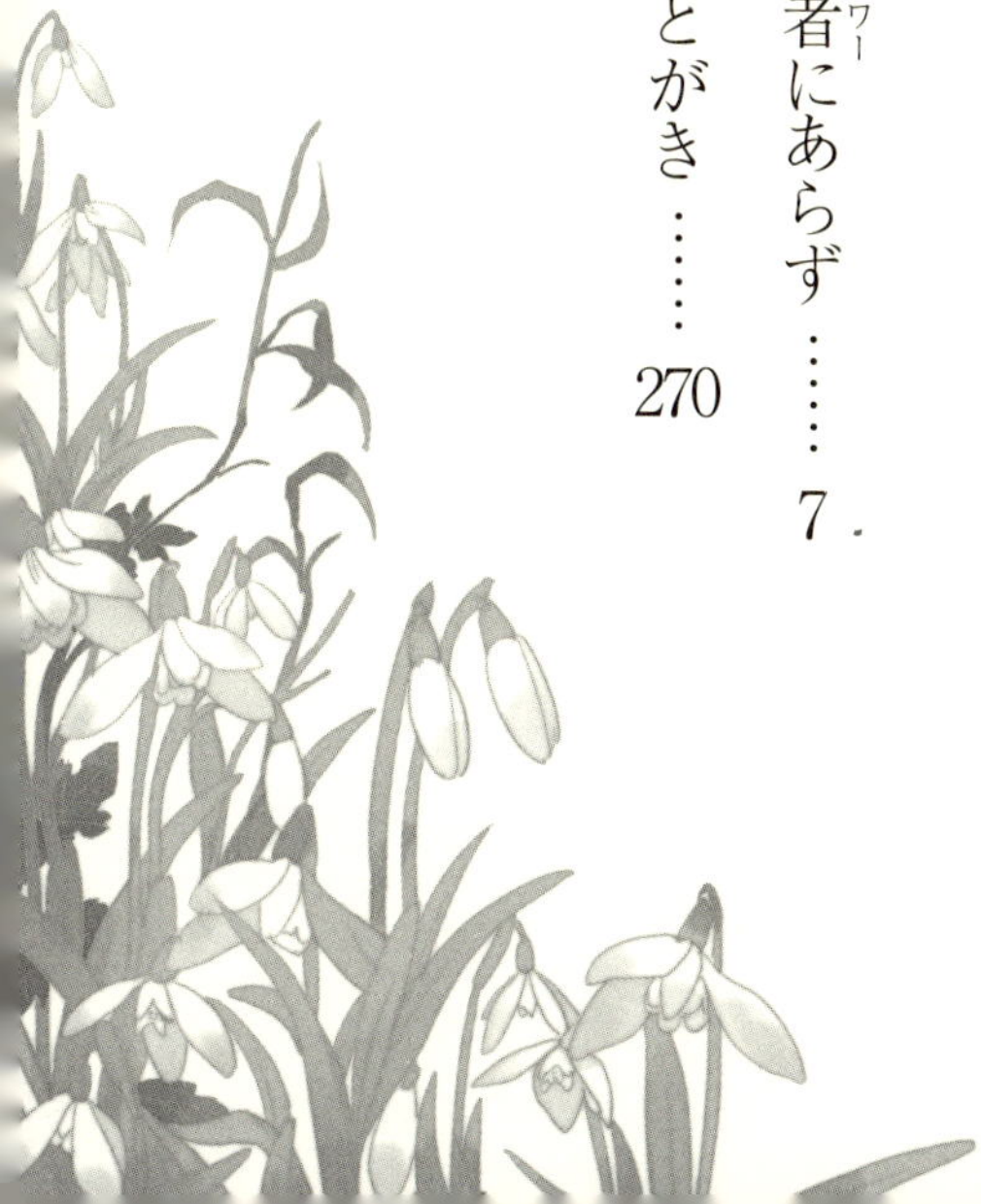

※本作品の内容はすべてフィクションです。

一章　愛すべき日常

ピピッ！　ピチュピチュピピピ……！

夜明けを告げるのは、いつも決まって同じ鳥の声だ。

ホルガーは作業の手を止め、窓の外から聞こえる鳥の声に耳を澄ませた。

「今日も元気だな」

実を言うと、彼はまだ一度もその声の主の姿を見たことはない。それでも、毎朝声を聞き続けていると、友達か家族におはようの挨拶をされているような気分になり、今では勝手に親近感を持っている。

「ああ、くそ。もうちょいかかるか。昨夜は少し冷えたからなあ」

ふくよかに酵母が香る象牙色のパン生地をごつい手でたぐりながら、ホルガーは唇をへの字に曲げた。

発酵が十分に進んでいれば、滑らかなまま透けるほど薄く伸びるはずの生地は、ある程度伸ばしたところでささくれるようにちぎれてしまう。発酵がまだ十分でない証拠だ。

春先は微妙な気温の上下が延々と続くので、発酵にかかる時間がどうも一定しない。

「やれやれ」

ホルガーは広い肩をそびやかすと、生地を入れた陶器の鉢をすべて暖炉の近くに集めた。生地が乾かないよう湿らせた布を被《かぶ》せ、暖かな場所で発酵を加速させる。

ホルガーはパン屋を生業にしている。

親の代からこの町でパン屋を営んでいて、一人っ子の彼は、子供の頃から父親を手伝って仕事を覚えた。本格的に店を引き継いだのは五年前のことだ。

両親は近くの風光明媚《ふうこうめいび》な村に隠居し、ホルガーは生まれ育った家でひとり暮らしをしている。

いつかは結婚して我が子に店を継がせるか、そうでないなら弟子を取るか……大まかな将来の選択肢はその二つだが、さしあたって今は、すべての仕事をひとりでこなし、腕を磨く時期だとホルガーは考えていた。

「さて、今のうちに窯の準備をしておくか」

裏口から庭に出ると、そこには煉瓦《れんが》を積んで造った窯《かま》がある。これも父親から受け継いだ大事な商売道具の一つだ。

内部は三層構造になっていて、いちばん下が薪《まき》を燃やす火床、中段が煮込みやロースト料理を作れる場所、そして上段が、パン焼き用のいちばん広いスペースになっている。

ホルガーは火床の扉を開け、薪と共に乾いた藁《わら》を入れて、手慣れた様子で火を点《つ》けた。

父親が若い頃には窯の構造はもっと単純で、薪を燃やした後、燃えかすを脇にどけ、同じ場所でパンを焼いたらしい。当然、パンの底には少し灰がつくことになる。

未だに、年寄りの客の中には、当時の味を懐かしむ人が少なくない。だがホルガー自身は、灰のついたパンより、ついていないパンのほうがいいと思っている。

窯に火をいれて台所に戻ると、生地の発酵はいい具合に進んでいた。

気持ちよく膨らんだ生地を優しく揉《も》んで空気を抜き、大きく切り分けて滑らかにまとめる。幼い頃から毎日繰り返してきた作業だけに、ホルガーの手は淀《よど》みなく動く。

丸めた生地は、軽く粉をはたいた籐《とう》のバスケットに一つずつ放り込まれる。このバスケットの中で二次発酵させることにより、生地の表面にバスケットの模様がつき、形も整うのだ。

色々なパンを焼いて店に賑《にぎ》やかに並べる職人も町にはいるが、ホルガーはひとりで仕事をしているので、一日に作るパンは一種類だけだ。その代わり、毎日違うパンを焼く。

若いのに丁寧《ていねい》かつ頑固な仕事ぶりがかえって受けたのか、ホルガーのパン屋には、固定客がしっかりついている。実直で凝り性なため、材料費が嵩《かさ》んでしまって大もうけにはほど遠い現状ではあるが、店を維持して自分ひとり食べていく程度なら苦労しない。

そんな地に足の付いた、代わり映えしないものの穏やかな毎日を、彼は過ごしていた。


ある日の夜。

午後八時を告げる町役場の鐘が、町に鳴り響いた。

役場のある広場はずいぶん遠いが、それでも不思議なほど、鐘の音はハッキリ聞こえる。たぶん、町を囲む高い壁の外までも、あの荘厳な音は悠々と届くのだろう。

厨房で明日のパン生地を作るべく材料を計量していたホルガーは、量った粉を大きな木製のボウルに空け、ボソリと呟《つぶや》いた。

「そろそろ来る頃だな」

その声に呼応するように、厨房に隣接した店の扉が開く音が聞こえた。ホルガーは両手の粉をよくはたいてから、大股《おおまた》に店へ向かう。

彼の客の多くは、朝いちばんにやってきて、焼きたてのパンを買い求める。他の客も昼食に合わせ、あるいは夕方の仕事帰りにやってきて、ほとんどのパンはそこで売れてしまう。

一応、奥で作業をしているし、パンを買いに来る以外の用事で町の人が訪れることがあるので、午後九時くらいまでは店を開けたままにしているが、日暮れ以降にパンを求める客などほとんどいない。

ところが……。

カウンターにランプ一つを点けただけの薄暗い店内には、長身、黒ずくめの男が立っていた。

彼がただひとり、毎晩、午後八時の鐘が鳴る頃に現れる客である。

足首まである長いローブを着て、目深にフードを被っているため、彼の顔は下半分しか見えない。しかし、死人のような青白い肌には張りがあり、引き締まった口元も若々しい。フードからわずかに覗《のぞ》く髪も、カラスの羽を思わせる漆黒で、白髪はなさそうだ。

おそらく、まだ三十路前後といった年の頃だろう。だとすれば、ちょうどホルガーと同年代だ。

奥から出てきたホルガーに、男は軽く頭を下げた。

「よう、いらっしゃい。今出すから」

「………」

男は無言で、ごく小さく頷《うなず》く。いつものことだ。

ホルガーはしゃがみ込み、その日の売り物であるパンがまだ二つ三つ残っている陳列棚の下、客には見えない場所に置いた籐かごから、大きな布包みを取り出した。

カウンターに置いて包みを解くと、現れたのは売れ残り、しかも昨日の朝に焼いた丸パンである。本来は、もう売り物にならない代物だ。

パンを見せながら、ホルガーは男にこう言った。

「どうする？　昨日のパンはいつもよりちょっとでかいから、よかったら半分にしてやるけど。ああ、値段も勿論《もちろん》半額でいい」

だが男は小さくかぶりを振り、いつものように銅貨を二枚、カウンターに置いた。ホルガーはうんざりした顔でガッチリした肩をそびやかし、幾分固くなってしまったパンを男のほうに押しやった。

「じゃ、これで。毎度」

「………」

男はやはり黙りこくったまま、頷き程度に礼をして、パンをそのまま抱えて出ていった。外はもう真っ暗だというのに、灯《あか》りも持っていない。ガラス窓越しに見える男の後ろ姿は、たちまち闇に溶けて見えなくなった。

「何なんだろうな、あいつ」

銅貨をズボンのポケットに突っ込みながら、ホルガーは思わず独りごちた。

彼が店に来るようになって、もう六年近くになる。初めて来たのは、まだこの店の主《あるじ》がホルガーの父親だった頃だ。

いったい男と父親の間にどんな取り決めがあったのか、ホルガーは知らない。しかし気がつくと、男は毎晩、前日の売れ残りのパンを一つ買っていくようになっていた。

それは店が代替わりしても変わることなく、男は毎日のようにやってくる。ホルガーも父親から、「あのお客さんが来たら、何も言わずに前の日のパンを安く売ってやれ」と言われていたので、そのとおりにしている。

ホルガーは、あの男がどこの誰だか知らない。父親は何も教えてくれなかったし、商売人として、必要もないのに客のプライバシーに立ち入るのはよくないとホルガーも考えている。まして相手が顔を見せず、声も出さないので、敢《あ》えて詮索しようという気も起こらない。

とはいえ、毎晩やってきて、しかもパンを籠に入れることなく抱えて帰るところをみると、きっとそれなりに近所に住んでいるのだろうとは推測される。

それに、おそらくはよそ者だ。

ホルガーはこのスルカの町で生まれ育ったし、学校は町に一つだけなので、同年代の連中は皆、自動的に顔見知りになる。あの男をホルガーが知らないということは、他の土地から移ってきた人間なのだろう。

「それにしたって、あいつの姿を街中で見かけたことがねえんだよな。……ああいや、ローブを脱いで歩いてりゃ、俺にわかるはずはねえか。顔、見たことがないんだもんな」

パンを包んでいた布をはたきながら、ホルガーは首を捻《ひね》る。

売れ残りのパンを買うところをみると、決して豊かな暮らし向きではないのだろう。いい歳の男なのだから、何か仕事をしてはいるのだろうが、カウンターに銅貨を置くあの男の指は女のようにほっそりしていて、とても力仕事に従事しているようには見えない。

「まあ、どうでもいい……とはいえ、なあ」

経済事情が許さないというならどうしようもないが、これだけ長く通ってきていながら、ホルガーの焼くパンを、一度たりとも「まともな味」のうちに食べたことがない相手に、いささかの苛立《いらだ》ちは禁じ得ない。

さっき、計量のときに粉がついてしまった眼鏡を外し、前掛けの裾で拭《ふ》いてから、ホルガーは小さな舌打ちをして台所に戻ろうとした。

しかし、再び背後で扉が開き、彼は少し驚いて振り返った。

「ああよかった、まだ開けてたかい。こんばんは、ホルガーさん」

店に入ってきたのは、近所に住んでいる仕立て屋の女房だった。先代の頃から、毎朝パンを買いに来てくれるお得意さんだ。

「おう、こんばんは。どうした？」

ホルガーが訊《たず》ねると、彼女は両手で大事そうに持っていた大鍋をカウンターによいしょと置いた。

「悪いんだけどさ、明日パンを焼くとき、これを一緒に頼めるかい？　豆と塩漬け豚のシチューを作ろうと思って。まだ場所は空いてるかね」

「ああ」

ホルガーは、ごつい顔をほころばせた。

パンを買う以外に、町の人たちがこの店を訪れる理由。それは、翌朝の窯にある。パンを焼くとき、一緒に煮込み料理を作ってもらおうと、こうして鍋を持ち込んでくるのだ。

「明日の分は、まだ誰も持ち込みしてねえから大丈夫だ。それにしても、でかい鍋だな。それに、こんな遅くに仕込んだのか？」

すると彼女は、肉厚の手を振り、くたびれた笑みを浮かべた。

「お陰様で、仕事が大忙しでね。近々、金持ちの家で婚礼があるんだ。豪勢な花嫁衣装の注文があってね。凄《すご》いんだよ、ドレスをびっしり刺繍《ししゅう》で埋め尽くして、ビーズとレース飾りを山ほど縫い付けなくちゃ」

「そりゃ豪勢だ。針仕事が大変そうだな」

「もう、目も肩もクタクタさ。朝から晩まで働きどおし。さっき、ようやく今日の作業が終わったばかりなんだよ。近所の奥さん方にお針子の助っ人を頼んでるから、昼ご飯を振る舞わなきゃね」

「ああ、それでこの量か。でも、儲《もう》かるんだろ?」

「そりゃね、がっぽり頂くさ。ああそうだ、明日の朝は子供たちにパンを取りに来させるから、お金を先に払っとくよ。あと、今日の売れ残りのパンは、それで全部かい?」

彼女に問われて、ホルガーは背後の棚を確認する。

「ああ。今日は二個だけ残った」

「じゃあ、それ二つとも貰っていくよ」

思わぬ申し出に、ホルガーは思わず訝《いぶか》しげな顔になった。

「わざわざ売れ残りのパンを今買ってくのか? 何で?」

「みんなのお茶菓子も必要なんでね。ちょっと固くなったパンを小さく切り分けて、バターでカリカリに焼き付けたところにきび砂糖をまぶすんだ」

「そりゃ、何とも旨《うま》そうだな」

「旨いよ！　あたしの自慢のおやつなんだ。いつもは食事で余ったパンを貯《た》めといて作るんだけどさ。今は家に人がたくさんいるから、どっさり作っとかなきゃね。美味《おい》しいもんを腹いっぱい食わなきゃ、人は働けないからさ」

「違ぇねえ。あー……けど、二つのうち一つは……」

一つは、あの黒衣の男のために取っておかなくてはいけないと言いかけて、ホルガーはふと口を噤《つぐ》んだ。

明日、いつものようにやってきた男に、「昨日はパンが売れ残らなかった」と告げたらどういう反応を示すだろうかという好奇心が生まれたのだ。

初めて、あの男の困った顔が見られたり、抗議の声が聞けたりするかもしれない。そう思うと、我ながら底意地の悪いことだと思うが、多少ワクワクする気持ちが抑えられないホルガーである。

「何？　何か不都合でもあんのかい？」

仕立て屋の女房に不思議そうに問われ、ハッと我に返ったホルガーは、慌てて売れ残りのパンを二つ取り、カウンターに置いた。

「いや、何でもねえよ。旨いおやつを作ってやってくれ。俺も今度試してみるよ、それ」

「それがいいよ。……ああ、それにしても」

持参の布でパンを包みながら、彼女は感心した様子で言った。

「知らなかったよ、魔法使い様までこの店をご贔屓《ひいき》とはね。あんたもやるじゃないか」

「あ？　何の話だ？」

キョトンとするホルガーの太い二の腕をカウンター越しに叩《たた》いて、女性は笑った。

「何だよ、とぼけなくったっていいじゃないか。さっき店から出てくるのを見たよ。さすが魔法使い様、出歩くのはやっぱり夜なんだねえ」

ホルガーは女性と窓の外を見比べ、目を剝《む》いた。

「さっきって、まさかあの黒っぽいローブの男のことか？」

「そうだよ。あんた、知らなかったのかい？」

ホルガーは啞然《あぜん》とした顔で、ずれてもいない眼鏡を掛け直した。

「知るかよ。俺ぁ、魔法使いなんぞの世話になったことはねえからな。……けど、ホントか？　だってフードをあんなに目深に被って灯りも持ってなかっただろ？　どうやって魔法使いだってわかったんだ？」

ホルガーの問いに、女性はむしろ呆《あき》れ顔になった。

「そりゃわかるさ。あんたの言う、あの黒っぽいローブだよ。あんな陰気な色のローブ、魔法使い様以外、誰も好んで着やしない。しかも、すれ違っただけでもわかるくらい薬臭いじゃないか」

「あっ、ありゃ薬の臭いか！　魔法使いなら、薬草を煎《せん》じるっていうもんな。なるほど。何かあいつが来るたび、店が草っ原みたいな臭いになると思ってたんだよ」

思わずポンと手を打ったホルガーを、女性はますます呆れた様子で見やった。

「あんた、魔法使い様の工房へ行ったことはないのかい？　薬をいただくとか、まじない札や護符をいただくとか……」

ホルガーは、顰《しか》めっ面で肩を竦《すく》めた。

「俺自身はないな。親は護符やら何やらを持ってたが、俺はそういうものに頼らない主義なんでね」

「ふうん。ま、あんたはまだ独り身だから、わかんないだろうねえ。あたしらみたいな子供を抱えた親には、魔法使い様はありがたい存在だよ。医者にかかる余裕なんてどこにもないから、子供たちが病気をすると、魔法使い様が処方してくださる薬だけが頼りなんだ。あんただって、子供の頃はそうだったろうさ。知らない間に、お世話になってんだよ」

駄々っ子を諭《さと》すような口調で言われ、ホルガーは苦笑いで短く刈り込んだ髪をばりばりと掻《か》く。

「まあ、そりゃそうだろうがな。とはいえ、俺がガキの頃は、町の魔法使いはあいつじゃなかったろ？」

「そうさね。確か、先代が亡くなったのが、六年くらい前じゃなかったかい？　で、後釜に、今の魔法使い様がいらしたんだよ。ふふっ」

いきなり妖《あや》しい含み笑いをする彼女に、ホルガーはしっかりした眉根《まゆね》を寄せる。

「何だ？　嫌な笑い方するなよ」

「だって、ねえ。亭主も子供もいる女が何言ってんだって言われるかもしれないけど、今の魔法使い様は、なかなかいい男なんだよ」

「はあ？」

「ああ、あんたは顔を見たことがないんだっけ。工房の中じゃ、さすがにフードを被ってないからね。女みたいに綺麗《きれい》な顔立ちだよ。なまじの役者より男前で、あの顔目当てに通う女も多いんじゃないかね」

「へえ。俺の前じゃ顔も見せねえ、口もきかねえが、女の前じゃ違うのかね。じゃああいつ、町の女を取っ替え引っ替えか？　よく、亭主や父親どもに殺されないもんだな」

ホルガーの声には小馬鹿にするような響きがあったが、彼女は笑って手をヒラヒラさせた。

「それがさあ、あんた。あの魔法使い様は、男だろうが女だろうが、まったく愛想なしなんだよ。にこりともしないし、必要なこと以外言わないし、あの顔は、とんだ宝の持ち腐れさ。魔法使い様が来たばかりの頃は、男どもも警戒してたけどね。今はもう、『あんな陰気でしみったれた男に引っかかる女はいねぇよ』ってみんな言ってる」

「……はあ……そいつぁまた、変な奴だな」

「あたしだって、たまに子供らの薬やら護符やらをいただきにいくとき、あの綺麗なお顔を拝んで、ちょいと目の保養をさせてもらうだけさ。それにしたって……」

布でくるんだ大きなパンを見下ろし、女はしみじみと言った。

「魔法使い様はいったい何を召し上がるんだろうと思ったら、意外とあたしたちと同じものなんだねえ。あっ、いけない。子供たちを寝かしつけて、明日の準備をしなきゃ。じゃ、これ、今貰《もら》ってく分と、明日の分だよ。よろしく頼むね。シチューの鍋は……」

「あんたんちのガキどもに持たせるにゃ、重すぎる。煮えたら、俺が家まで届けるよ」

「そうかい？　悪いねえ。じゃ、おやすみ、ホルガーさん」

女はカウンターに代金を置くと、踵《きびす》を返した。たっぷりした体格のわりに、きびきびした動きだ。

「おやすみ」

短い挨拶で彼女を送り出したホルガーは、腕組みして首を捻《ひね》った。

「魔法使い？　あいつが？　いや、魔法使いの工房が近くにあるこたぁ知ってたが、まさか、あんな奴だったとはな。……いや、あんな奴っていうほど、知らねえけど。顔も見たことねえけど」

さっき聞いたときは驚いたが、なるほど、魔法使いだと思えば、あの薄気味悪い出で立ちも、異様な雰囲気も、何となく腑《ふ》に落ちる。

「ふうん……魔法使いが俺のパンを、な。それにしたって、魔法使いってのは、残り物のパンしか食えないほど貧乏なのかね。さっきの話じゃ、繁盛してるみたいなのに」

謎の男の素性は知れたが、残念ながらホルガーは、魔法使いに関する知識をたいして持ちあわせていない。

知っていることといえば、魔法使いというのは、町や村にだいたい一人はいて、工房を構えている。そして、彼らが住んでいる土地を厄災や疫病から守るための儀式を執り行ったり、薬草や鉱物から薬を作ったり、護符やお守りを作ったり……その程度だ。

「何だかよくわからねえが、とにかく明日の夜、ちーとばかし仕掛けてやるか」

相手の正体が知れたせいで、明日の夜の男の反応がますます興味深くなった。大男のパン屋は、掠《かす》れた口笛を吹きながら、店の扉を施錠し、台所に戻っていった。

＊　　＊

そして翌日の夜。午後八時の鐘が鳴り響く中、ホルガーは昨夜と同じように、明日の仕込み作業をしていた。

作業台の横の棚には、パン屋の命ともいうべき、酵母パン種のビンがズラリと並んでいる。仕込んだ時期も違えば、それぞれコンディションも違う。世の男が女の歓心を得ようとするときと同様、ビンを一つずつ覗き込んでは酵母のご機嫌を伺い、あれこれと奉仕しなくてはならない。

具体的には、発酵が激しすぎるときには少し涼しい場所へ移し、元気がないときには逆に暖かめの場所へ置く。そして様子を見ながら、酵母の「餌」である全粒粉を適量ばらまいてやる。

そうすればパン種は元気に発酵を続け、ホルガーのパン生地が毎朝ご機嫌に膨らむというわけだ。

ある意味、酵母は女よりずっと我が儘《まま》で手が掛かる……と、ホルガーは思っている。これまでパン職人の修行に邁進《まいしん》してきたため、そんな風に言い切れるほど経験豊富なわけではないが、そうに違いないと思い込んでいるのだ。

今夜も、いちばん元気のいいパン種に無骨な指で粉を振り入れたそのとき、扉の開く音が来こえた。

(来た!)

悪戯を企《たくら》んでいる子供のようにワクワクした心境で、ホルガーは店に出た。

いつもの黒衣の男……魔法使いが、うっそりと立っている。

悪趣味だと思いつつも、ホルガーは素知らぬ風を装い、軽い調子で言った。

「よう。悪ぃな。昨夜はあんたが帰ってから、残ってたパンを買い占められちまってな。今夜は、売るもんがねえんだ」

この顔も見せない愛想のない男は、自分の残酷な宣告にどんな反応をするだろう、さすがにガッカリするだろうか、それとも怒るだろうか。ホルガーの胸の内では、そんな意地悪な期待が膨らんでいた。

「………」

だが、男はやはり無言のまま、ごく小さく頷いた。そしてそのまま踵を返し、店を出て行こうとする。

その無反応ぶりに落胆と同時に奇妙な罪悪感を覚え、ホルガーは反射的、かつ無意識のうちに声を上げていた。

「あ、ちょっと待てよ」

「………………」

魔法使いは、黙ってゆっくりと振り返る。その拍子に、目深に被っていたフードがずれ、男の顔が、眉まで見えた。

「！」

ホルガーは、思わず息を呑《の》んだ。

昨日、仕立て屋の女房は、「女みたいに綺麗な顔」と表現していたが、なるほど、男は驚くほど整った顔立ちをしていた。

ほっそりした輪郭に、ほくろ一つない青白い肌、そして高い鼻筋に秀でた額《ひたい》、頑《かたく》なそうに引き結んだ薄い唇に、闇夜のような黒い瞳……。そのすべてを縁取るのは、真っ直《す》ぐで艶《つや》やかな黒髪だ。

（確かに、役者みたいなツラだな……っつか、俺はいったい、何のつもりでこいつを呼び止めたんだ⁉）

無反応すぎてつまらなかったからといって、呼び止める必要はまったくなかった。

しかし彼は実際、ホルガーの声に応じて足を止め、振り返ってしまったのだ。もう、「何でもない」というわけにはいかない。

まるで蛇《へび》のように瞬《まばた》きの少ない無感情な目が、まともにホルガーの顔を見た。その視線の冷ややかさに薄ら寒いものを感じつつ、うっかり呼び止めてしまったのは自分なので、ホルガーはエプロンで意味もなく片手を拭きながら問いかけた。

「いやその……なんだ、パンなしで、飯はどうすんだ?」

「………」

男は何も言わず、しかし僅《わず》かに首を傾《かし》げた。どういう意味かと問い返しているらしい。

(あぁくそ、余計なことした)

ホルガーは内心臍《ほぞ》をかみつつ、仕方なく質問を言い換えた。

「だからさ、他に何か食うもんあんのかよ、家に……って訊《き》いてんだ」

「……いや」

たった一言ではあったが、男が返事をしたことに驚いて、ホルガーは眼鏡の奥の目を見張った。

思えば六年もほぼ毎晩顔を合わせておいて、これが最初の会話だ。初めて聞いた男の声は、凪《な》いだ湖面のように静かで、木々の梢《こずえ》を吹き過ぎる風のように乾いていた。

(こいつ、ちゃんと喋《しゃべ》れたんだな。いや、喋るってことは、昨夜の仕立て屋の奥さんの話で知ってはいたけどよ)

当たり前のことに驚きながら、ホルガーはつい余計な質問を重ねてしまう。

「ないのか。だったら、今夜とか明日の朝とか、飯はどうするつもりなんだよ」

何故そんなことを訊かれるのかわからないとでもいうように、男は軽く眉根を寄せた。不快に思っているというよりは、純粋に怪訝《けげん》に思っているらしき表情だった。

少し考えてから、男はボソボソと低い声で答えた。

「ない袖は振れまい」

「っていうと？」

「白湯でも飲む」

どうも、長い文章を喋るのが苦手なのか、それとも愛想がないのか、男の口にする言葉は極度に短く、感情がこもっていない。少なくとも、ホルガーと会話を楽しむつもりはまったくないようだ。きっと、今すぐにでも話を切り上げて、店を出て行きたいのだろう。

だがホルガーのほうは、そこで話をやめるわけには、もはやいかなくなっていた。

「待て待て。それはいったいいつまでだ？　まさか明日の夜、今日の売れ残りのパンを受け取りに来るまで、白湯で凌《しの》ぐ気か？」

男は小さく頷いた。

「そういうことになる」

「待てよ。だったら明日の朝、焼きたてのパンを買いにくりゃいいだろ？　だいたい何だっていつも、前日の売れ残りを……」

「朝は寝ている」

男の即答に、ホルガーは目を剝いた。

「あ？　寝てる？」

「寝ている」

「なんで？」

「夜通し調薬をしたり、護符を作ったりしている。そういう作業は、町が静かになる夜にしかできない。朝に、床に入る」

ようやく長い文章を口にした男に、ホルガーは畳みかけるように訊ねた。

「魔法使いの仕事の時間は夜ってことか。じゃあ、昼は？」

「昼は、工房に客が来る」

「……ああ、なるほど」

「では」

ホルガーが状況を理解したと見ると、男は再び扉のほうへ向き直ろうとした。ホルガーは、慌ててもう一度呼び止める。

「待った！　それ聞いて、手ぶらで帰せるかよ。ほら、これ」

そう言って彼は、今日の売れ残りのパンをカウンターに置いた。魔法使いは、ピクリと片眉を動かす。

「それは？」

「昨日の売れ残りはねえけど、今日の売れ残りはある。これを持って帰れよ」

自分のちょっとした悪意の罪滅ぼしにと、ホルガーはそう申し出た。だが男は、やはり平板な口調でそれを断った。

「銅貨二枚しか持って来ていない」

「それでいい」

「いいはずがない。そのパンは、今朝焼かれたものだ。銅貨二枚以上の値打ちがある」

「そりゃそうだが、俺がいいって言ってんだから、いいんだよ。おまけだ。持ってけ」

「断る」

静かに、しかし断固として受け取りを拒否され、ホルガーは少しムッとしてカウンターを回り込み、男の前に立った。

「何が気に入らない？　別に、古くて固くなったパンが好きってわけじゃねえんだろ、ネズミじゃあるまいし」

ホルガーは決して短気な男ではない。だが、せっかくの好意を無碍《むげ》にされてニコニコしていられるほど鷹揚《おうよう》でもない。尖《とが》った声で言い返すと、体格がいいだけに妙な迫力がある。

だが男は、少しも怯《ひる》まず、きっぱりと言った。

「施しは受けない」

「はあ？　施し？　ちょっと安く売ってやるって言ってるだけだ。施しじゃねえ」

「理由なき割引は、施しと同じだ。受け入れるわけにはいかない。だが、親切な申し出自体には感謝する」

とても感謝しているとは思えない冷ややかな声でそう言い、男は今度こそホルガーに背を向けた。取り付く島もないとは、こういう態度をいうのだろう。

だが、そんな風に言われては、ホルガーのほうも俄然《がぜん》ムキになる。彼は大股に扉に近づくと、ガチャンと留め金を下ろしてしまった。

さすがにその行動には意表を突かれたらしく、魔法使いは軽く切れ長の目を見張る。それでも何も言わない彼に、ホルガーは憤然として言い放った。

「わかった。じゃあ、パンを持ってけとは言わん。だが、俺の店にいる以上、あんたは俺の客だ。店主には、客を満足させる義務がある」

「……と、いうと？」

男は黒い目を細めて、探るようにホルガーを見る。ホルガーは、腕組みしてこう宣言した。

「パンを受け取らないってんなら、うちで晩飯を食っていけ！　これは施しじゃねえ、店主として当然の、客へのもてなしだ！」

「…………」

「…………」

二人はしばらく、無言で対峙《たいじ》していた。

魔法使いはまったくの無表情で、何を考えているかホルガーにはまったくわからない。だが偉そうに胸を張ったままのホルガーのほうは、顰めっ面の裏で大混乱していた。

（何だって、こんなことになってるんだ？）

最初は、軽い悪戯のはずだった。それが、相手の思わぬ反応にいちいち動揺しているうちに、いつの間にか「夕飯をご馳走《ちそう》させろ」と、脅迫じみた態度で迫ってしまっていたのだ。

（俺は、いったい何をしているんだ？）

混乱した頭で、彼は自分の愚行を思いきり後悔した。だが今さら、「待て、今のは全部なしだ」と言うわけにもいかない。そんな恥知らずな真似は、一本気なホルガーにはとてもできないことだった。

となれば、彼が唯一期待できるのは、魔法使いが変わらず毅然《きぜん》とした態度で、「断る」と言ってくれることだけだった。そして、彼ならきっと、ホルガーの屁理屈など一蹴するに違いない……とも。

だが、まるでホルガーの心の底を見透かすように、彼から一秒も視線を逸《そ》らさないまま、男はやはり感情のこもらない声で「わかった」と言った。

「えっ？」

意外すぎる素直な承諾に、ホルガーはまたもや驚かされる。だが魔法使いは、ホルガーの驚愕の表情に気付く様子もなく、静かにこう続けた。

「店の中で、店主が義務と権利を同時に行使するというなら、客のわたしは従うのが筋というものだろう。施しは受けぬが、招待なら謹《つつし》んで受ける」

「お……おう……」

言い出したのは自分なのに、相手の理路整然とした台詞を聞いていると、何だか自分が説き伏せられた気分になったホルガーである。

半ば呆然《ぼうぜん》としながらも、男が承諾した以上、夕飯を振る舞わざるを得ない。彼は、台所のほうを指して言った。

「晩飯はいつも、明日の準備をしながら台所で食うんだ。もう出来てるから、そこの扉から奥へ入ってくれ」

「わかった」

涼しい顔で、男は頷く。

「……何だかなあ……」

力なく首を振りながら、ホルガーは謎めいた魔法使いを連れて、台所へと戻った。

店と同じくらいの広さがある台所には、大きな木製の作業テーブルと、食事を摂《と》るための小さなテーブルと椅子が二脚、パン作りのために必要な器具を収納する棚がいくつか、そして料理用の背の高い大きな暖炉がある。

暖炉上部に取り付けた鈎《かぎ》には鉄鍋が掛けられ、その中ではグツグツと肉や野菜が煮え、いい匂いがしていた。

「座っててくれ。すぐ支度するから」

「…………」

魔法使いはやけに従順に頷くと、ローブを脱いで壁のフックに引っかけ、暖炉の傍《そば》に置かれたテーブルについた。

鍋の中身をかき混ぜながら、ホルガーは姿勢正しく椅子に掛けた魔法使いをチラチラと観察した。

男がローブの下に纏《まと》っているのは、意外とスタンダードなチュニックとズボン、それに膝丈のブーツだった。ただし、そのすべてが漆黒で、華美な装飾性はない。

艶やかな黒髪は、それこそ女のように長く伸ばし、うなじで緩く一つに結んでいる。

「なあ、おい」

「………」

呼びかけると、男はゆっくりと首を巡らせてホルガーを見た。きちんと片付いていて居心地のいい、暖炉の炎で暖かな室内にいてもなお、男の顔には表情というものがない。まるで、生き人形と話をしているようだ。

「こんだけ長い間、ほぼ毎晩顔を突き合わせといて今さらだけどよ」

ホルガーは、旨そうに出来上がった煮込み料理を気前よく大きな陶器のボウルに盛りつけながら言った。

「俺は、ホルガーってんだ。あんたは？」

ホルガー、と口の中で確認するように呟いてから、男は簡潔に名乗った。

「ロテール」

「ロテール……この辺じゃ、あんまり聞かない名だな」

「生国は遠い彼方だ」

切り口上でそれだけ言い、男……ロテールはテーブルに向き直る。

「そうか」

何を言っても会話が続かないことに閉口しつつ、ホルガーは手早く今日の売れ残りのパンを一つざくざくと大ぶりにスライスし、煮込みと共にテーブルに運んだ。

「悪いな、ここには酒は置いてないんだ。水でいいか」

ロテールが瞬きで頷いたので、ホルガーは二つの大きなマグカップに水を注いだ。窯の近くに井戸があり、そこでいつでも新鮮な地下水が手に入るのは、町中では幸運なことだ。

配膳を終えると、ホルガーはさっそくスプーンを手にした。

「じゃ、食うか。三日くらい食い続けるつもりでたくさん作ったから、よかったらお代わりしてくれよ」

「……頂戴する」

いかにも形式張った挨拶をしたものの、ロテールはすぐに料理に手を付けようとはしなかった。パンをちぎって口に運びながら、盛大に湯気を立てる煮込み料理をじっと見ている。

ホルガーは煮込みを吹き冷ましてから頬張《ほおば》った。

「うん、旨ぇ。柔らかく煮えてる。実は、お客さんの家で祝い事があったらしくてな。羊を潰したからって、お裾分けを貰ったんだ。だから今日は、ちょっと豪勢なんだぜ。食えよ」

それを聞いて、ロテールはスプーンでひとさじ煮込みを掬《すく》い、高い鼻を近づけた。

「ふむ。羊肉……豆、ポロ葱《ねぎ》、人参、マッシュルーム……エシャロット、ローズマリー」

どうやら見た目と匂いで、中身を分析したらしい。ホルガーはちょっとムッとしつつも頷いた。

「そうだ。疑わなくても、毒は入ってねえよ。俺が今、先に食ったろ？」

「毒なら、貴殿よりわたしのほうが詳しい。匂いでたいていはわかる。わたしはただ、成分を把握しないと食べる気になれないだけだ」

素《そ》っ気なくそう言い、ロテールは煮込みを上品な仕草で口に運んだ。

両親が町を去って以来、誰かと食事を共にするのも、自分が作ったパン以外の食べ物を誰かに振る舞うのも初めてのことだ。ロテールを食事に招いたのは事故のようなものだが、いささかワクワクしてホルガーは訊ねた。

「どうだ？　口に合うか？」

するとロテールは、十分に咀嚼《そしゃく》してから口の中のものを飲み下し、口を開いた。

「んぁ？　それは、旨いってことか？　それとも、旨くないけど食えないほどでもないってことか？」

「食べられる」

これまで聞いたことがない評価に、ホルガーは困惑しきりで質問し直す。だがロテールは、淡々と同じ答えを繰り返した。

「食べられる、と言った」

「いや、だからそれはどういう……」

「言葉どおりの意味だ。世の中には、食べられるものと食べられないものがある。これは前者だ。だから食べている」

確かに、少なくとも吐き出すほどまずくはないのだろう。ロテールは、煮込みとパンを規則正しく交互に口にしている。しかし、どうにも無愛想な答えに、ホルガーは不満を隠さない仏頂面で言い返した。

「そりゃそうだろうが、俺が訊いてんのは、旨いか旨くないかってことだよ」

するとロテールの顔に、初めて表情と呼んでもいいような変化が起きた。しかもそれは、明らかな「困惑」だった。

「そういった質問には答えられない」

ホルガーは、苛立ちを通り越して呆れてしまいながら、「はあ？」と半ばひっくり返った声を出す。彼はずり落ちた眼鏡を押し上げ、片手にパンを持ったままロテールの顔をつくづくと見た。

「答えられないってのは、どういう意味だ？」

ロテールは眉間《みけん》に浅い縦皺《たてじわ》を寄せ、やはり困り顔のままで答えた。

「これまで一度も、食べ物の味に頓着したことはない」

「……は？」

呆然とするホルガーをよそに、ロテールは学校の教科書でも読み上げるような調子で話を続けた。

「生家は貧しくて、幼い頃は喰《く》うや喰わずの生活だった。魔法使いに買われてからは、毎日、食に不自由しないことが何よりありがた……」

「待て待て。ちょっと待て。今、さらっと言ったが、何だ、その『魔法使いに買われて』ってのは？」

片手を上げて話を遮ったホルガーに、ロテールは僅かに目を細めた。だが、その無礼を咎《とが》めることはせず、静かに説明を補足した。

「言葉のとおりだ。両親は金に困って、子供の中でいちばん体格が貧相だったわたしを売ることにした。そして、たまたま最も良い条件を提示した相手が、わたしの師匠である魔法使いだった。単純な話だ」

ホルガーは、まるでみぞおちでも殴《なぐ》られたような顰めっ面をした。

「あんた、実の親に金で売られたのか」

「わたしの生まれた地方では、珍しいことではなかった。土壌にも気候にも恵まれず、何年も不作が続く。そんな土地では、多すぎる子供はさっさと間引くか、ある程度まで育てて売るか。どちらかしかない」

「……酷《ひど》いな」

「親と子が互いに生き延びるための手段だ。酷くはない。親元に留まれば、いずれは餓死したことだろう。だが魔法使いの弟子となり、師匠に仕えることで、衣食住が保証された。何の問題もない」

「………」

さっきとは立場が逆転して、今度はホルガーが黙り込む番だった。

この町には、いわゆるスラムは存在しない。選《え》り好みさえしなければ仕事にあぶれることはないし、何らかの事情で働けなくなった住民のための救護院がある。役場では毎夕炊き出しがあるので、飢えて死ぬことはないのだ。

ホルガー自身も、決して豊かではないが、温かく、幸せな家庭で育った。両親が食うに困って自分を金で売ることなど、彼にはとても想像できない。

そんなホルガーの心境を知ってか知らずか、ロテールは氷のような視線をホルガーに据えたまま、こう話を締め括《くく》った。

「わたしは、飢えないだけで十分なのだ。食べ物の味には興味がない」

ホルガーは食べかけの煮込み料理を見下ろし、苦々しく問いかけた。

「つまりあんたはこれまで、食うことを楽しんだことがないのか？　一度も？」

「ない」

ロテールの否定には、一瞬の躊躇《ちゅうちょ》もなかった。

「あんたの師匠は？」

「アレッサンドロ……わたしの師匠も、特段食に興味はなかった。そうだな……。彼の弟子として過ごした最後の年にやってきた弟弟子は、幾分食い意地が張っていたようだが」

「じゃあ、師匠や弟子が揃《そろ》って、楽しく食卓を囲むなんてことは……」

「なかった。ただの一度も。食事は、ただ命を繋《つな》ぐためのもの。師匠は、我々が一秒でも早く食べ終えて仕事に戻ることを望んでいた。だから、仕事の指示以外の会話を、食卓でしたことはない」

あまりにもわびしい話を平然とされて、ホルガーは自分の身体から、流れる水のように力が失われていくのを感じた。

ひたすら旨いパンを焼き、客に喜んでもらうことだけを目標にしてきた彼には、食べることが喜びでない人間が存在するという事実が、とても信じられなかったのだ。

「じゃあ、あんたがいつも、前日の売れ残りのパンを買っていくのは……」

ロテールは、機械のように同じペースで食事を続けながら、咀嚼の合間に答える。

「十分に食べられて、安価だからだ」

「安価って、パン代を切り詰めなきゃならんほど暮らしに困ってんのか？」

するとロテールは、これまたあっさり答えた。

「困ってはいない。重ねて言うが、食は命を繋げる最低限の質と量でいい。ゆえに、もっと優先順位の高いものに金を使うというだけのことだ」

「突っ込んだこと訊いて悪いが、ことのついでだ。いったい、食い物より優先順位の高いものって何だよ」

「材料だ」

「材料？　何の？」

「護符や薬剤を作るには、材料がいる。顧客にもわたし自身にも満足がいく、品質のいいものを仕入れたいと思えば、それなりに出費が嵩むものだ」

　学校の教師めいた口調でそう言い、ロテールはパンを小さくちぎって頬張り、興味深そうに呟いた。

「ふむ。一日で、パンの水分量や固さがこれほどまでに違ってくるのか……」

「そうだ！　一日経ったパンなんて、パン職人としちゃ、ホントは食ってほしくねえもんなんだ。本来、カチカチの前日のパンを売る理由は、他の使い道があって買いに来る客がいるからなんだぜ」

　気を取り直したように憤慨し、ホルガーは柔らかく煮えた羊肉を頬張った。ロテールは、一口水を飲み、軽く首を傾げる。

「他の使い道？」

「固くなったパンは、水分をよく吸う。プディングに使うにはそのほうが具合がいいし、他にも、粉にして肉や魚料理の衣に使う客もいる」

「なるほど。理解した」

「いや、だからそうじゃなくて。前日のパンってのは、そのまま食うべきもんじゃねえって話をしてんだよ。けど、これまでの話を聞いた限りじゃ、あんた、そのまま食ってそうだし」

「そのままは無理だ。固すぎる」

「じゃあ、何か料理に使ってんのか？」

ホルガーの灰色がかった緑色の目に、チラと明るい光が過ぎる。だが、そんな儚《はかな》い期待は、瞬時に打ち砕かれた。ロテールは平然とこう答えたのである。

「湯に浸《つ》ければ問題なく食べられる」

「湯かよ……！」

ガックリ肩を落としたホルガーは、しっかりした眉をハの字にして大きな溜《た》め息をついた。ロテールは僅かに俯《うつむ》き、そんなホルガーの顔を覗き込む。

「湯では何か不都合でもあるのか？」

「いや……別に、買ったパンを客がどう食おうと、俺がどうこう言うことじゃねえ。悪ぃ、あれこれ余計な詮索しちまったな」

「質問はされたが、詮索されたとは感じていない」

「そうかよ、そりゃよかった」

よかったという言葉からは完全に乖離《かいり》した落胆の表情で、ホルガーはもう一つ嘆息した。

やはり機械のように規則正しく目の前の食べ物を口にしながら、ロテールはそんなホルガーを訝しげに見ていた……。

結局、それ以降は会話と呼べるほどのやりとりはなく、ロテールは慇懃《いんぎん》に夕食の礼を言い、限りなく黒に近い灰色のローブを着込んでいつものように去って行った。

その背中が闇に溶けて見えなくなるまで裏口から見送り、ホルガーは鬱々《うつうつ》とした気分で台所に戻った。

ふと視線が、空っぽの食器が並ぶテーブルに向けられる。

(綺麗に食って帰りはしたが、何一つ、旨いとは思わなかったんだよな、あいつ)

相手があんな陰気臭い男でも、食卓を共に囲めばそれなりに楽しいかと期待していた自分が限りなく愚かに思えてきて、ホルガーは嘆息した。

ロテール……あの魔法使いとの会話は、ホルガーの胸に何とも言えない重苦しいしこりを残して行った。

世の中に日々の糧に事欠く人々がいるということを、知識では知っていた。だが、豊かな町育ちのホルガーはそういう人間と実際に話したことはこれまでなかったし、極貧の幼年期を過ごしたロテールが、食物は単純に生きていくための術《すべ》に過ぎず、食事や食卓での会話を楽しむことを大人になった今でも知らないという事実は、大きすぎる衝撃だった。

細長い木製ボードの上に残ったパンの欠片を、ホルガーは太い指で摘《つま》み、口に放り込んでみた。

朝の焼きたてよりは多少味が落ちているが、濃いきつね色にしっかり焼かれたクラストは、いい香りがしてカリッと香ばしい。中はふんわり柔らかく、少量混ぜたライ麦の野性味が、いいアクセントになっている。鼻にも歯にも舌にも心地よい味だ。

「だけど、あいつはそうは感じないんだよな。ただ、食えると判断する……それだけなんだ」

それは、ホルガーが初めて味わう無力感だった。

これまで何度も口うるさい客たちから、「今日のパンは美味しくなかった」だの、「親父さんのパンはもっと旨かった」だのと手厳しい批判を受け、落ち込んだり、向かっ腹を立てたりしてきた。

だが同時にそれらは、ならばもっと美味しいパンを焼いてやろう、相手を見返してやろうと自分を奮い立たせる起爆剤になってくれる言葉でもあった。

それなのに、ロテールの「このパンは食べられる」という言葉は、ただの事実で、味の感想でも意見でも何でもない。

ホルガーのパン職人としての奮闘は、ロテールの前ではただ虚《むな》しく空回りし続けているだけだったのだ。

「そりゃ、俺はパンを焼いて売るだけが仕事だ。売った先でそのパンがどう扱われようと、口を出すことじゃない。だがな……」

さっさと食器を片付け、パン生地を捏《こ》ねなくてはならないとわかっていても、全身から抜けてしまった力がなかなか戻って来ない。

ホルガーは椅子を引き寄せてどっかと掛け、大きな背中をまるめて腿《もも》に肘を突いた。

「何なんだろうなあ、あいつは」

そんな力ない呟きは、ガランとした空間に寂しく消えていった……。

二章　目が離せない

それからも毎日、ロテールはきまって午後八時の鐘が鳴る頃、ホルガーの店を訪れた。買うのは以前と同じく前日の売れ残りのパンだが、一つだけあの夜を境に変わったことがあった。

ロテールが、ホルガーと話をしていくようになったのだ。

といっても、ホルガーが声を掛ければ応じるというだけのことだし、話題も天気だったり互いの商売のことだったりと他愛ないことばかりだし、相変わらず返事は無愛想かつ簡潔で、会話はまったく続かない。

それでも……たとえ、「よう」「ああ」だけのやり取りだったとしても、無言を通されるよりはずっといい。

ロテールの食に対する無関心ぶりについては大いに不満があるのだが、そこに立ち入るのはいくら何でも不作法だろうと、ホルガーは一言文句を言いたい気持ちをグッとこらえて彼に接していた。

ところが、初夏に差し掛かる頃、異変が起きた。

あれほど毎日来ていたロテールが、ぱたりと店に姿を見せなくなったのだ。

最初の夜は、若干気抜けしつつも、まあたまには泊まりがけで出掛けることもあるだろうとホルガーは高を括っていた。

しかし翌日も、ロテールは来なかった。

さらに、その翌日も。

四日目になると、さすがのホルガーも少し気がかりになってきた。

旅に出ているのだろうか、それともまさか、黙って転居してしまったのだろうか。

あるいは……たぶんそれはないとは思うが、他に贔屓のパン屋が出来たのだろうか。

他人が聞けば大袈裟《おおげさ》に思うだろうが、何しろこれまで六年間、ホルガーがたまに休みを取るとき以外、ロテールはほぼ欠かさず毎日パンを買いに来ていたし、稀《まれ》に来ないとしても、せいぜい一日、二日のことだったのである。ホルガーの不安ももっともなことだ。

そして、五日目の午後八時の鐘が響き渡る中、ホルガーは台所で小麦粉を計量しつつ、壁の向こう、つまり店の気配に神経の九割を集中させていた。

本心を言えば、今日こそは来るだろうと店で待ちかまえたい気分だったのだが、それは我ながら少々不気味だ。あの辛気くさい顔の、しかも前の日のパンをわざわざ買っていく魔法使いを、そこまでして待ち焦《こ》がれる理由はどこにもない。意地を張って、いつもの仕事を黙々と、しかしソワソワとこなしているその姿こそ傍目《はため》には滑稽に映るだろうが、ホルガー自身、そんな自分の行動の不自然さには気付いていない。

木の椀《わん》にすり切りいっぱい掬い取った全粒粉を大きなボウルに放り込んだそのとき、店の扉が開く音が聞こえ、ホルガーはすっくと立ち上がった。

(やっと来やがったか、あの野郎!)

ロテールが来たら、「別に来ないのは勝手だが、予定が決まっているならちゃんと言っていけ、そうしたらこっちはわざわざ、パンを一つ翌日までとっておくような無駄をしなくていいのだから」と苦言を呈してやろうと心に決めていたので、彼の端整だがごつい顔には、早くも軽い憤りの表情が浮かんでいる。

「おい、あんた……」

扉を開けると同時に小言を口にしながら店に入ったホルガーは、あっと小さな声を上げて立ち止まった。

そこに立っていたのはロテールではなく、くだんの仕立て屋の女房だったのだ。

「ああ、また遅くにごめんよ、ホルガーさん。いつも迷惑掛けちまって悪いんだけど、また頼めるかい？　それとも、明日はもう、鍋は満員かね」

　ホルガーの顔に怒りの色を見て取り、彼女は申し訳なさそうに肩をすぼめ、またしても持参の鍋をカウンターに置いた。

　ホルガーは慌てて表情を和らげ、カウンターに歩み寄った。

「ああいや、大丈夫だ。この鍋なら、まだ入る。また豆か？」

　客がロテールではなかったことに落胆している自分に内心驚きながら、彼は無理矢理に笑顔を作ってみせる。仕立て屋の女房はホッとしたように、肉付きのいい肩から力を抜いた。

「ああ、うちの家族はみんな豆が大好きだし、豆のシチューはパン屋の窯で煮込んでもらうのがいちばん旨いからね。悪いけど頼むよ。明日の朝、パンを買いに来るついでに引き取っていくから」

「ああ、わかった。確かに預かったよ。じゃあ、おやすみ」

　咄嗟《とっさ》に作った笑顔が不自然すぎないように祈りつつ、ホルガーは鍋を持ってそそくさと奥へ引き上げようとした。

　しかし仕立て屋の女房は、まだ帰ろうとはせず、躊躇《ためら》いがちに再び口を開いた。

「それでさ、変なこと訊くけど、魔法使い様は、相変わらずパンを買いに来てらっしゃるかい？」

「!?」

ギクリとして、ホルガーは振り返った。

「あ……いや、ここ五日ほどは」

「やっぱりそうかい？　おかしいねえ」

女房は、不思議そうに首を捻っている。ホルガーは、再びカウンターに歩み寄り、小鍋を置いて問いかけた。

「どうかしたのか？」

「いやね、亭主がもうじき、生地の買い付けに短い旅に出るんだよ。で、魔法使い様に旅の無事を祈るお守りを作っていただこうと思ったのに、工房がずっと閉まってるんだ」

やはり留守だったのか、別に自分の焼くパンに愛想を尽かしたわけではないのか……と、心のどこかで安堵《あんど》している自分に気づき、軽く狼狽《うろた》えながら、ホルガーはこう言ってみた。

「そりゃあ、魔法使いだって、たまには旅に出たりするんじゃないか？」

「そうなのかねえ。前に短い旅に出られたときは、工房の扉にちゃんと休業の張り紙があったんだよ。いつ帰る予定かも書いてあったのに、今回は何もなくてさ。で、ちょっと心配になっちまってね」

「……へえ」

「まあ、ちょっとした遠出のつもりが長引いて……ってことかもしれないけどね」

「だな。けど、護符がないと、ご亭主が不安だろう」

「そうなんだよ。迷信深いって笑われるかもしれないけど、あんたみたいにガタイのいい男ならともかく、うちのは裁縫の腕だけが取り柄の痩《や》せっぽちだからさ。護符でも持たせなきゃ、心配で」

「わかるよ」

いかにも心配そうな女房の声を聞きつつ、ホルガーは渋い顔で下の棚を見た。そこには、今夜ロテールが来たら、小言と共に売ってやろうと置いてあった昨日のパンが、布に包んで置いてある。

「……魔法使いの工房ってなぁ、どこだ？」

ホルガーがそう訊ねると、女房は少し驚いたように小さな目を見張った。

「何だい？　見に行くのかい？」

ホルガーは、決まり悪そうにシルバーブロンドの短い髪を片手で撫《な》でつけた。

「こっちも、パンの取り置きをしてるもんでな。何日も来ないんじゃ迷惑なんだよ」

「ああ、そりゃ気の毒に」

「だからまあ、ちらっと様子を見に行って、いないようならそれこそ張り紙でも残してくるよ。至急パンを取りに来られたし、ってな」

「なるほど、そりゃいいね。魔法使い様の工房は、すぐそこだよ……ほら、ここを出て通りを右に……」

ホルガーの説明に納得顔になった仕立て屋の女房は、ロテールの工房の場所を簡潔に伝え、帰っていった。店の戸締まりをしたホルガーは、しばらく天井を仰《あお》ぎ見て考えていたが、「よし」と小さな声で頷くと、台所に引き上げた。着古してよれた上着に袖を通し、ランタンに火を入れる。そして彼は、「俺も物好きだな」と自嘲気味に呟きながら、裏口から外に出たのだった。


仕立て屋の女房に教わったとおり、魔法使いの工房は、ホルガーの店から徒歩五分ほどの距離にあった。商店の並ぶ大通りではなく、普通の民家ばかりが集まっているエリアだ。

これまで何度も工房の前を通っていたのに、あまりにも外観が普通なので、そうとは気付かなかったらしい。

ただ、ランタンを近づけてよく観察すると、玄関の扉の脇に、「魔法工房　薬の処方、護符やお守り作成、各種祈禱・葬儀承ります」と書かれた黒い木製のプレートがぶら下がっていた。いちばん下に小さく、「呪詛《じゅそ》の依頼はお断り」という一文があるが、それだけ白いペンキが妙に新しく、他の部分と字体も違うところを見ると、ロテールが書き足したのかもしれない。

ロテールの工房は、ホルガーの店と同様、小さな一軒家である。壁は石を積み、間を漆《しっ》喰《くい》と砂を混ぜたもので埋めた一般的なものだが、壁面がびっしりと蔦《つた》に覆われ、石などほとんど見えない。

他の家にはまだ灯りが点いているのに、ロテールの工房だけは真っ暗だった。通りに面した窓にランプを近づけてみたが、窓際に並べられた妖しげなガラス器具がぼんやり浮かび上がっただけで、室内はさすがに見えない。

「…………」

ホルガーは、玄関の扉を大きな拳《こぶし》で叩いた。しばらく待ってみたが、誰かが出てくる気配がないので、ドアノブに手を掛ける。しかし、玄関はしっかり施錠されていた。

「やっぱり、留守か。……ああいや、しかし、一応……」

一度は諦めて帰ろうとしたが、ふと気になったホルガーは、家の裏手に回った。工房ではなく、生活スペースにいる可能性も考えたのだ。

しかし、裏口からも家の中の灯りを確認することはできず、ホルガーは一応、裏口の扉もノックしてみた。

やはり、いらえはない。

「やれやれ……おっ」

ここまで来たら念のため……と、いかにもおざなりに古ぼけた真鍮《しんちゅう》のドアノブに触れた手が、ピクリと震える。まさかと思ったが、裏口は施錠されておらず、扉は軽く軋《きし》みながら容易く開いた。

「開いてるじゃねえか。用心が悪いな」

他人の家に踏み込むのは気が引けたが、ここで突っ立っているのを近隣の住民に見られようものなら、むしろホルガーが盗っ人だと思われてしまうに違いない。

様子を見るだけだ、留守を確かめたらすぐに退散する……と誰もいないのに小声で弁解して、ホルガーは躊躇しながらも家の中に踏み込んだ。

「おーい、いるのか、ロテール？」

とりあえず一歩入ったところで呼びかけてみたが、返事はない。

室内は真っ暗なので、視覚はホルガーが持参したランタンが頼りである。

どうやら、彼が最初に入ったのは、いわゆる家事室にあたる空間らしい。狭い廊下の両側に、野菜の洗浄や洗濯ができそうな大きな石造りのシンクや、おそらく本来は保存食を収納するための小さなパントリーがある。

　シンクには脱ぎ捨てた衣類が小さな山を作っていたが、パントリーは空っぽで、木製の棚が虚しく並んでいるだけだ。通路に並べられた大きな木樽《きだる》も、長らく使われていないらしく、びっしりと蜘蛛《くも》の巣が張っていた。

「絵に描いたような男所帯だな、こりゃ」

　呟きながら、ホルガーは慎重に廊下を歩いた。この地方ではよく見られる、石を薄く割ったものをタイルのように敷き詰めた床面が、歩くたびにカツカツと固い音を立てる。

「誰かいないのか？　ロテール？　留守か？」

　まさか魔法使いの工房に忍び入る罰当たりな泥棒などいまいと思いつつも、ホルガーは自衛のため、敢えて大きな声を出した。そして、じっと耳を澄ませる。

　自分以外の侵入者、あるいはロテールが家の中にいるなら、どんなに微《かす》かでも物音を立てるはずだと思ったからだ。しかし家の中は、薄気味悪いほど静まり返っていた。

（この臭い……。それに、妙に暖かいな、この家は）

　初夏とはいえ、夜になるとかなり冷え込む。しかし家の中は奇妙に暖かく、暖炉で薪を燃やした匂いがする。それに、薬草を煎じたような不愉快な悪臭も。

「やっぱりいるんじゃねえのか？　おい、返事しろよ！」

左手の扉が開け放たれているのを見てとり、ホルガーはそちらに足を向けた。室内は真っ暗なので、掲げたランタンをゆっくりと動かし、様子を窺《うかが》う。

広い室内は、とても暖かかった。どうやらこの部屋の暖炉で火を焚《た》いていたらしい。

「なるほど、ここが工房か」

ランタンの柔らかな光に照らされ、ぼんやりと浮かび上がるのは、ホルガーにとっては見慣れないものばかりだった。

奇妙に捩《ねじ》れた形のガラス器具、その中に満ちている毒々しい色の液体、棚にズラリと並ぶ小さな壷や瓶、診察用の寝台や、大きな作業机……。

低い天井のあちこちからぶら下がっている干した草の束は、きっと薬草なのだろう。

実用本位を絵に描いたような、余計なものが何一つない空間を見て、ホルガーは低い唸《うな》り声を上げる。

「何だこりゃ。ずいぶん殺風景なもんなんだな、魔法使いの工房ってのは。俺ぁもっと胡《う》散《さん》臭そうな場所を想像して……うわっ！」

何気なく床面にランタンを向けたホルガーは、驚きの声を上げ、咄嗟に飛び退《すさ》った。驚くほど近い場所に、何か大きな塊が転がっていたのだ。

「なっ……な、な、何だ……!?」

思わず取り落とし掛けたランタンの金具にしっかり指を通し直し、誰かに襲いかかられても最初の一撃を防げるように身構えつつ、ホルガーは再び、塊にランタンを向けた。どちらかといえば剛胆なほうだと思っていたが、今、彼の心臓は胸壁から飛び出しそうな勢いで脈打っている。

「動いて……は、いねえな」

それは、まるで小さな山脈のようなシルエットを持つ、黒っぽい布で出来た塊だった。しばらく観察してみたが、ピクリとも動く気配はない。

「何だ……これ」

そろそろとすり足で近づき、さらによく見ようと腕をいっぱいに伸ばして布の山にランタンを近づけたホルガーは、今度こそ、「うわあっ」と悲鳴に似た大声を上げていた。

布の隙間から、まるで小さな蛇のようにうねる、長い黒髪がひと房見えたからだ。

それが布の塊などではない、床に倒れ込んだロテールだと確信するやいなや、ホルガーはランタンを床に置き、血相を変えてロテールを抱き起こしていた。

「おい！　おいっ、どうした、生きてんのか？　しっかりしろ！」

ロテールの顔は蠟《ろう》人形のように強張っていたが、何しろ日頃から顔色の悪い、痩せぎすな彼のことだ。外見だけでは、生死がさっぱりわからない。だが、首筋に触れると僅かな温《ぬく》もりと共に弱々しい脈が感じられ、ホルガーはホッと胸を撫で下ろした。

「おい。おいって！」

片腕で上半身を抱き起こし、もう一方の手でぴしゃぴしゃと軽く頬を叩くと、ロテールは微かな声で呻《うめ》き、うっすら目を開けた。

闇色の瞳が、ぼんやりと虚空を彷徨《さまよ》う。

「よかった、くたばっちゃいなかったか。大丈夫か？　おい、俺がわかるか？」

傍《かたわ》らに置かれたランタンのささやかな光ですら刺激になるのか、ロテールは鬱陶しそうに目を細め、ぼんやりとホルガーのほうに顔を向けた。徐々に、ホルガーの眼鏡あたりに焦点が合っていくのがわかる。

「……ホルガー……？」

ロテールは、ごく僅かに唇を動かし、酷く嗄《しわが》れた声でホルガーの名を呼ぶ。ホルガーはそんなロテールの顔を覗き込み、咳《せ》き込むように問い詰めた。

「いったいどうしたんだよ。どっか具合悪いのか？　病気かっ？」

「……あ？　ああ……いや」

ロテールは鬱陶しそうに顔をしかめると、ゆっくりとホルガーの胸を押し、いささか近づき過ぎていた彼の顔を遠ざけた。そして、自分がここに倒れていた理由を、実に簡潔な一言で説明した。

「寝ていた」

「……はあ⁉」

ホルガーは目を剝く。その拍子に、レンズの小さな眼鏡がずるっと鼻筋を滑り落ちた。
二、三度口をパクパクさせてから、彼はどうにか言葉を絞り出す。
「いや……だってよ、思いきり床に転がってたじゃねえか。どう見たって寝てないぞ、あれ。倒れてたぞ？」

「ベッドまで行く体力気力が残っていなかっただけだ」

いかにも大儀そうにそれだけ言い、ロテールは自力で起き上がろうとした。しかし、身体に上手く力が入らないらしい。盛大にふらつき、再びホルガーの腕に倒れ込む。

「言わんこっちゃない。じっとしてろ。ただ、説明はしてくれ。いったい何をしてて、こんなとこで精根尽き果てたんだ？」

「これまで作ったことのない、薬を」

「薬？」

そうだ、とロテールは微かに顎を上下させた。

「膝の関節のこわばりと酷い痛みに……悩む、患者が……いて。書物を漁《あさ》り、効きそうな薬を見つけたのだが、何しろ材料が多岐にわたり、手順が実に複雑で……」

「………」

「高価な材料を大量に使うので……失敗は許されない。かたときも目を離さず、火力の調整をしながら鍋の前にいた」

それで家の中が妙に暖かいのか、と得心しつつ、ホルガーはつい心配になってこう問いかけた。

「で、その初挑戦の薬ってのは、無事に出来たのか?」

するとロテールは、ブルブルと驚くほど震える指で、暖炉に掛けた大きな鉄鍋を指さした。

「無事に完成した……ところまでは覚えているが、そこから先の記憶がない」

「やっぱり倒れてたんじゃねえか！　この馬鹿！」

気合いを入れて罵《ののし》られ、ロテールは普段は涼しげな眉間に深い縦皺を刻んだ。

「馬鹿とは失礼な。……それより、貴殿は何故……ここにいる」

どうやら、自分がホルガーに身体を預けていることは棚に上げ、罵倒されたことに腹を立てているらしい。そんなロテールの剣呑《けんのん》な視線に、ホルガーは少しも怯まず、噛《か》みつくように荒っぽい口調で答えた。

「あんたが五日も店に顔を見せねえからだろうが！　こちとら毎日毎日、前の日のパンを取り置きした挙げ句、無駄にしてたんだよ！　いやまあ、粉にして料理に使ってるから、無駄にはしてねえけど、でもこう、迷惑をだな……！」

「……五日？」

「おう。他にも、護符が要るのに工房が開いてねえって困ってる人もうちの客にいたから、ちっと様子を見に来たってわけだ。そしたら、あんたがぶっ倒れ……」

「寝ていた、と言ったはずだ」

ロテールは仏頂面で口を挟んだが、ホルガーはそれを上回る不機嫌な顔で言い放った。

「嘘つけ、あれはどう見ても倒れてた！　しかも、だんだんわかってきたぞ。あんた、この五日間、ろくに飯を食ってなかったんだろう」

どうやらホルガーの推測は図星だったらしい。ロテールは幾分決まり悪そうに身じろぎすると、ホルガーから視線を外した。そして、ボソボソと言い訳めいた口調で呟く。

「ろくに、ではない。まったく、だ」

それを聞くなり、ホルガーの眉根がギュッと寄った。

「まったく⁉　五日間、飲まず喰わずだったのか！」

「まさか……五日も経っていたとは思わなかった。集中を要求される……調薬、だったせいで」

「いや、だからって五日も……ああもう、そりゃぶっ倒れるはずだ。もっぺん言うが、この馬鹿が！」

「確かに、パンの件では迷惑をかけたが……毎日買いに行くと約定を結んだことはない。貴殿に……二度までも罵倒されるいわれは……」

「うるさい黙れ。俺は、パンの件で怒ってんじゃねえんだ。あんたの馬鹿さ加減に怒ってんだよ！」

「だから……怒られるいわれも……しかも三度までも馬鹿と……」

「うるさいっつってんだろうが。いちいち数えるな！　とにかく、まずはきちんと横になれ。寝室、どこだ？」

「自分で行ける……」

「わけがないだろ。どこだ⁉」

物凄い剣幕で問われ、さすがのロテールも少しは鼻白んだ様子で素直に答えた。

「工房の……向かい、の、部屋」

「よし」

頷くなり、ホルガーは腰に力を入れ、ロテールを両腕で抱き上げた。

くなる。

「な……何を」

微妙に狼狽えるロテールに構わず、そのまま立ち上がる。ホルガーほどではないが長身のロテールなのに、その身体は驚くほど軽かった。これまでだぶついたローブに隠されてわからなかったが、両の手のひらで感じる肉付きの薄さに、ホルガーの顔はますます険しくなる。

（何だこりゃ。ガリガリじゃないか）

自分が焼いたパンを何年も常食している人間が、こんなに不健康な身体をしているという事実が、ホルガーにはすこぶる面白くない。しかも、魔法使いが調薬に没頭するのはプロとして立派なことだと思うが、時間の感覚と一緒に、自分のパンのことまで綺麗さっぱり忘れ去っていたのだと思うと、ますます腹が立つ。

「どうせ自力で立てやしないんだ。素直に運ばせろ」

下りようともがくロテールを叱《しか》りつけ、ホルガーは大股に工房を出た。

廊下を挟んで向かいのドアを足で蹴飛ばして開けると、言われたとおり、そこは工房よりさらに殺伐《さつばつ》とした雰囲気の、こぢんまりした寝室になっていた。

小さな窓から差し込む月明かりで、ベッドと小さなサイドテーブル、それにクローゼットは確認出来るが、他に家具と呼べる物はなさそうだ。

いかにも固そうなベッドに無造作にロテールを下ろすと、ホルガーは彼の両足から荒っぽい手つきでブーツを脱がせた。

「そ、そんな余計な、ことは」

「黙れ」

弱々しく抗《あらが》うロテールに構わず、ローブを脱がせ、チュニックとシャツの襟元をくつろげ、細い腰からベルトを引き抜く。

素早くくつろいだ格好にさせ、痩せ細った身体にバサリと毛布を着せかけると、ホルガーは寝室のランプにマッチで火を点けた。その灯りを頼りに、寝室の小さな暖炉に手際よく火を熾《おこ》す。何しろパン屋だけに、たとえ初めての家でも火熾しはお手の物だ。

「これでよし。大人しくそのままで待ってろよ」

とにかく、今できる範囲で身体を休められる環境にロテールを置き、ホルガーは憤然と自宅に駆け戻った。そのままの勢いで台所を引っ繰り返し、食材を作業台に並べる。

まず彼がしたのは、小さなボウルに卵を割り入れ、夕飯のときに飲むつもりで少し取ってあった牛乳を注いでよく混ぜることだった。

次にロテールのために取っておいたせいですっかりカチカチになってしまったパンを一口大に切り分け、それを卵と牛乳の入ったボウルに気前よく放り込んでおいて、暖炉の前の鉄の台に大きなフライパンを置いた。

まだ小さく燃えている火でフライパンが温まると、ホルガーはバターをたっぷり溶かし、そこに卵液を吸い込んで盛大に膨れたパンをあけた。こんがり焼き色がつくまで何度か位置を変えつつじっくり焼き上げ、仕上げにたっぷりと茶色い糖蜜を掛ける。

そうして出来上がった即席パンプディングを、ホルガーは全速力でロテール宅へと運んだ。

「まだ起きてるか？」

寝室へ入って声を掛けると、ベッドの中から消え入るような声で返事があった。

「ああ」

「そいつぁよかった」

「…………」

枕元の椅子を引き寄せてどっかと腰を下ろしたホルガーを、ロテールは枕にグッタリと頭を沈めたまま、視線だけを動かして見た。

「なぜ……戻ってきた？　まだ何か用がある……のか？」

「あるに決まってんだろ。今にも飢え死にしそうな奴を放ったらかして、家でのうのうと晩飯を食えるほど、俺は冷血漢じゃねえんだよ」

まだ怒った口調でそう言いつつ、ホルガーは、それでもさっきよりは幾分優しくロテールの半身を起こし、背中に枕をあてがった。そうしておいて、持参のパンプディングを木製のスプーンで掬い、ロテールの口元に突き出す。

「食え」

だがロテールは、異物を見る目でプディングとホルガーを見比べ、むしろ迷惑そうな顔で嘆息した。

「食べる理由が……」

「食べる理由がない！　やっぱりな。そう言うと思ったぜ。その次には、これも施しだとか言うつもりだろ？　違う。これは、親切の押し売りってんだ」

ロテールが繰り出しかけた抗弁を切り口上で遮り、ホルガーはそう言い切った。ロテールは、落ちくぼんだ鋭い目を瞬かせる。

「親切の……押し売り？　売り、ということは……無理矢理その得体の知れない食物を勧められた上、対価を要求されるのか、わたしは」

軽く身を起こしているだけでもつらそうなのに、不平だけはきっちり言わずにはいられないロテールのやつれきった顔をジロリと見やり、ホルガーはツケツケと言い返した。

「勿論だ。対価は、あんたがしこたま食って、とっとと元気になることだよ。で、またうちに毎日パンを買いに来い」

「……それが、対価か？」

「そうだ。ま、俺としちゃ、出来れば当日のパンを食ってほしいとこだが、そこまで要求する気はない。前の日のパンがいいならそれでいいから、せめて毎日ちゃんと食え。そんな、鶏《とり》ガラみたいな細っこい身体しやがって」

「………………」

「納得したら、とっとと口開けろ。俺だってむさ苦しい野郎に喜んで食わせる趣味はねぇが、そんなブルブル震える手じゃ、スプーンも持てないだろう」

「……確かに」

まだ今ひとつ納得していない顔つきながらも、ホルガーにギョロ目で迫られて、ロテールはいかにも渋々といった様子で口を開ける。ホルガーはすかさず、そこにスプーンを滑り込ませた。

卵液と糖蜜をたっぷり吸い込んでふわふわのプディングを、ロテールがゆっくりと咀嚼し、飲み下したのを見届け、ホルガーはようやく表情を緩めた。無駄なこととは思いつつ、一応、感想を訊いてみる。

「どうだ？」

するとロテールは、相変わらずの無表情で数秒考え、こう言った。

「甘い」

「おっ?」

実に短い一言に、ホルガーは少し意外そうに眉を上げた。灰緑色の瞳で、つくづくとロテールのいかにも神経質そうな顔を見つめる。

「こりゃ驚いた。てっきりまた、『食べられる』って言われると思ってたんだがな」

「無論、食べられる。そして、甘い」

ニコリともせず、ロテールは事実のみを簡潔に言葉にする。ホルガーは眉をハの字にして苦笑いした。

「まあ、食えるんならじゃんじゃん食え。病気のときは、これが一番だ。ほら」

「……はらひは、ひょうひへわない」

スプーン大盛りのプディングを食べさせられて、口をモゴモゴさせながらロテールは不平を言う。ホルガーは思わず噴き出した。

「今、もしかして、『わたしは病気ではない』って言ったのか? ばーか、五日も食ってない時点で、立派な病気だ。このプディングは消化がいいし、栄養たっぷりだし、水分も摂れる。ガキが病気すっと、ここいらの親は絶対にこれを作るんだ」

「わたしは子供では……」

「うるさい、図体がでかい分、ガキよりたちが悪いってんだ。ほら、次」

「………」

苦虫を噛み潰したような顔で、それでも従順にロテールは口を開ける。気難しい鳥の雛《ひな》を餌付けしているような気がして、ホルガーはだんだん楽しくなってきた。

無言のまま三口プディングを食べ、ロテールはやけに感慨深そうにこう言った。

「こんなに甘いものは、これまで一度も食べたことがない」

思わぬ追加の感想に、ホルガーは目をパチパチさせる。

「あ？　糖蜜、調子に乗ってかけ過ぎたか？」

「わからない」

「わからない？　何が」

「いわゆる甘い食べ物を、料理として口にするのはこれが初めてだ。だから、これが甘すぎるかどうかは、わたしには判断できない問題なのだ」

大真面目な顔でそう言われて、ホルガーは絶句してしまった。突然口をへの字にしたホルガーを、ロテールは小首を傾げて見た。

「わたしは、何かおかしなことを言ったか？」

「……はー……」

ガックリと肩を落としたホルガーは、真剣な面持ちでロテールを見た。

「今、俺が聞き違えたんじゃないなら、あんた、これまで一度も甘いものを食ったことがないって？」

するとロテールは、「いや、それは違う」と律儀に訂正した。

「薬を作るとき、蜂蜜や糖蜜を材料に使うことがある。そういうときは、品質を確かめるため、必ず少し舐《な》めてみるのだ。だから、甘い物を食べたことがないというのは貴殿の勘違いだ」

「あー……いや、結局んとこ、甘いってのはどういう味かは知ってるが、食い物として味わったことはない、と」

「そういうことになる」

「なるほど……っていうか、菓子の一つも食ったことがないのかよ、あんた。プディングとか、ケーキとか、ビスケットとか……パイとかタルトとか！　あるだろ、何か」

ロテールはしばらく考えてから、静かにかぶりを振った。

「ない。生家は貧しすぎて菓子どころではなかったし、魔法使いの弟子になってからも、わたしは菓子を与えたいような可愛《かわい》げのある子供ではなかったのだろう」

「……ああ、まあ、そうだろうな」

「どういう意味だろうか」

「いや、気にすんな。……つまり子供時代のあんたには、誰も菓子なんかくれなかったと。あんたの養父もか」

するとロテールは、ほんの少し口元を緩めた。それは笑みと呼べるほどのものではなかったが、それでも彼が「可笑《おか》しい」と思っていることは、付き合いの浅いホルガーにも十分に伝わる、そんな表情だった。

「俺は何か変なこと言ったか？」

さっきロテールがしたのと同様の質問をして、ホルガーは軽く眉をひそめた。もとがいささかいかつい造作だけに、それだけで十分迫力満点の顔面になるのだが、本人はそんなことには気付いていていない。

ロテールも、「いや」と平然としてかぶりを振った。

「だが、わたしの師匠が気に懸けるのは、魔法と調薬素材のことだけだった。弟子は死なない程度に食わせておけばいいと思っていたことだろう。……まあ、カレル……弟弟子は、菓子を食べたことがある。来たばかりの頃、夜な夜な家を恋しがって泣くので、黙らせよると飴《あめ》を買い与えたことがあるからな」

「そんとき、あんたも一緒に食えばよかったのに」

「特にその必要を感じなかった。……しかし、糖分というのは、こうも速やかに身体に行き渡るものなのだな。手の震えが止まった」

　ロテールは、ゆっくりと両手を持ち上げた。まだ怠《だる》そうではあるが、確かに骨張った指先は、もう少しも震えていない。

「だったら、あとは自分で食うか」

　そう言って、ホルガーは木の椀をロテールに差し出す。ロテールはしっかりと椀を受け取り、みずからプディングを掬って口に運んだ。

「これは……パンと、糖蜜と……牛乳……だろうか？」

　どうやら、彼が言いそうな言葉を使うなら「プディングの組成」を気にする程度には、脳にも糖分が回ったらしい。手持ちぶさたになったホルガーは、背もたれに身体を預け、足を組んで答えた。

「卵も入ってる。レーズンもぶち込みたいところだったが、生憎手持ちがなくてな。ま、大元は、あんたが買いそびれたパンだ」

「ならば、支払いを……」

「いらん。これは親切の押し売りだって言ったろ。半分は、俺もあとで晩飯代わりに食おうと思って、置いてきたしな」

「……わかった」

もっと食い下がるかと思ったが、さすがにまだそこまで気力が回復していないのか、ロテールは素直に頷き、興味深そうにこう言った。

「なるほど、主食に糖分とタンパク質を付加してあるとは、優秀な病人食だ。実に効率よく、栄養を摂取することができる。医学的な知識がなくても、民間の智恵というのは、大したものだな」

理路整然とした感慨に、ホルガーはゲンナリした顔でひとりごちた。

「あー……考えることはそっちへ行っちまったか。俺としちゃ、そんだけ腹ぺこなら旨いって言葉を聞けるんじゃないかと思ったんだが、そう上手くはいかないか」

「……何か？」

「いや、何でもねえ。たくさん食えてよかったな。ちゃんと食ってよく眠れば、明日には元気になってるだろ」

そう言って、ホルガーは立ち上がった。

「もう心配なさそうだから、俺は帰る。椀は、次にパンを買いに来るとき持って来てくれりゃいい。今夜はこのまま、ちゃんと眠れよ？」

「……もっと早く問うべきだったのだが」

ロテールは枕に上半身を預けたまま、ホルガーの顔をじっと見上げた。冷たく整った石像のような顔立ちだが、その黒い瞳には微かな困惑の色がある。

「何だ?」

「何故、貴殿はわたしに……その、貴殿言うところの『親切の押し売り』をしたがるのだろうか。押し売られるのは、これで二度目だ」

押し売りは動詞として使う言葉ではないと思う……という指摘はさておいて、ホルガーは太い指で鼻の下を擦《こす》った。

「さあ?」

「……わたしは真面目に問うているのだが」

幾分ムッとした様子のロテールに、ホルガーは広い肩を揺すった。

「俺も真面目に答えてるよ。自分でも、よくわからん。だがまあ、俺はあんたのために取っておいたパンを無駄にせずにすんだし、あんたは飢え死にを免《まぬが》れた。お互い損はしてないんだ。それでいいだろ」

ホルガーの半ばやけっぱちの説明で、ひとまずは腑に落ちたらしい。ロテールは、小さく頷く。ことのついでと、ホルガーは脱いで椅子に引っかけてあった上着に袖を通しながら言った。

「あと、その『貴殿』ってのはやめてくれないか。上品すぎて尻がムズムズする。お前呼ばわりでいい」

「そんなぞんざいな呼称を用いるわけには……」

「いいんだ。俺がそうしてほしいっつってんだから。何なら、それも親切の押し売りの代価ってことにしとけ」

「……なるほど。承知した」

ロテールが頷くのを確かめて、ホルガーは片手を上げた。

「じゃ、食ったらゆっくり休めよ。おやすみ」

そのままランタンを手に部屋を出て行こうとした彼だが、さっきよりずっとしっかりした声でロテールに呼び止められ、振り返る。

「ああ？　何かまだ、してほしいことでもあんのか？　水でも汲《く》んでくるか？」

「いや」

右手に木の椀を持ったまま、ロテールはまっすぐにホルガーを見て口を開いた。

「もう十分だ。……先刻、貴で……お、お前、は、親切の押し売りだと言ったが……一般的に考えて、これは謝意を表すべき状況なのではなかろうかと」

「……………？」

ホルガーは面食らって顰めっ面になった。やたら難しい言葉を使われてやや理解に時間がかかったが、早い話が、この気難しそうな魔法使いは、まったくありがたくなさそうな顔で、「ありがとうと言うべきだろうか」と言っているらしい。

「要らねえよ。別に礼を言われたくてやったわけじゃねえ」

「だが」

「一般的にどうこうってのも、どうでもいい。あんたが礼を言いたきゃ言えばいいし、言いたくなきゃ言わなくていい」

ホルガーの言葉は単純明快だった。ロテールは小さく頷き、こう言った。

「では、糖分の有用性について知らしめてくれたことに感謝する」

どうやらロテールは思案の末、「助けてくれてありがとう」ではなく、「腹ぺこのときには糖分が効果的なことを教えてくれてありがとう」と言うことにしたらしい。そのあたりが、彼のプライドと片意地を守れる落としどころだったのだろう。

「お……おう」

幾分戸惑いながらも、感謝するか否かの判断をロテールに任せた以上、ホルガーはそれを受け入れるより他がない。

「まあ……なんだ、大事にな」

そんな当たり障りのない台詞を残し、今度こそホルガーは明日のパン生地を大急ぎで仕込むべく、魔法使いの工房を後にした。

＊　＊

翌日の午後、朝にパンを買いに来た仕立て屋の女房が、再びホルガーの店に顔を出した。そして、いかにも晴れ晴れとした顔で、「今日は魔法使い様の工房、開いてたよ！」と報告していった。おそらく、旅に出る夫のための護符を、首尾良く手に入れられたのだろう。

昨夜、工房に様子を見に行ったのかと問われ、「まあな。どうもここんとこずっと、ややこしい仕事に集中してたらしいぜ」と当たり障りのない説明をしながら、ホルガーはホッと胸を撫で下ろした。

どうやらロテールは、パンプディングと一晩の睡眠で、どうにか元気を取り戻したらしい。

仕立て屋の女房が去った後、客が途絶えてガランとした店内で、ホルガーは立ったままカウンターに肘を突き、ぼんやりと考え込んだ。

工房を開けたということは、今夜、また八時の鐘が鳴る頃、ロテールはやってくるのだろう。

「そんであいつ、また昨夜のパンを買って帰って、湯をぶっかけてふやかして食う……んだよな」

そのわびしすぎる光景を、さらに、そんなお粗末な食べ物を、ただ空腹を満たすためだけに機械的に口に運ぶロテールの姿を想像しただけで、ホルガーはみぞおちが重くなるような不快感に襲われる。

確かに、ホルガーの仕事はパンを焼いて売るところまでで、それを客がどんな風に食べようと、口を出す筋合いではない。

だがロテールの食生活は、明らかに人として異常だ。

食べ物の味を気にしたことがない、楽しんで食事をしたことがないなど、ホルガーにはとても理解できない状態である。

何度も、自分には関係ない、放っておけとみずからに言い聞かせてはみたが、無駄だった。どちらも奇妙な成り行きだったとはいえ、手料理を二度も振る舞った相手を「無関係の赤の他人」と斬り捨てられるほど、ホルガーは冷淡ではない。

慎ましいながらも温かな家庭で育った彼には、親子三人でテーブルを囲み、母親の心づくしの料理を味わいながら、賑やかにその日あったことを話す……そんな食卓が当たり前のものとして記憶の中にある。

しかしロテールは、そうした家庭の温もりをまったく知らないのだ。そして知らないがゆえに、そのことをつらいとも、寂しいとも思わない。

決して同情するわけではないが、それではあまりに悲しいと思うホルガーである。

今さら子供時代に戻るわけにはいかなくても、せめて食事の楽しみを知ってもバチは当たるまい。

「とはいえ、あいつ、変なところで頑固そうだし、ちゃんと飯食えつったって、絶対言うこと聞かねえよな。いや、そもそも『ちゃんとした飯』がどんなもんかを知らねえのか。ああくそ、めんどくせえ奴だな」

ひとりごちるホルガーの顔は、みるみる渋くなっていった。

だいたい、湯漬けの古いパンなどを何年も平気で主食にしているから、ロテールはあんなに痩せて、顔色が悪いに違いない。昨夜、ロテールを抱き上げたとき、手のひらに感じた肉付きの薄さや浮き出した骨の硬さ、そして何より体重の軽さを思い出し、ホルガーはますます険しい表情になる。

客の少ない時間帯だったのは、ホルガーにとっては幸いだった。もとから整った造作とはいえ強面《こわもて》の彼だけに、今のような渋面をしていては、客が怖《お》じ気づいて店に入ってこられなかったかもしれない。

「ああくそ、何だって俺が、あいつのせいでこんなにモヤモヤした気分にならなきゃいけねえんだ。……ええい」

誰もいないのをいいことに盛大に舌打ちすると、ホルガーは大きな拳で忌々しげにカウンターを叩いた。そして、ロテールのためにとっておいた昨日のパンを取り出すと、それを持って奥の台所へと向かった……。


その夜、ホルガーの予想どおり午後八時の鐘が鳴り響く中、ロテールは彼の店を訪れた。

「昨夜は、世話になった」

感情のこもらない声でそう言うと、綺麗に洗った木の椀をカウンターの上に置く。そんなロテールの血の気のない顔を見ながら、ホルガーはさりげない風を装って、カウンターの前に立った。

「どういたしまして。ところで、決めたことがあるんだ」

「……何か？」

いつものように前日のパンを出してこようとしないホルガーに、ロテールは訝しげに眉をひそめる。

対するホルガーは、いつもの世間話をするような調子でこう言った。

「あんたには金輪際、前の日のパンを売らないことにした。だが、これまでどおり、銅貨二枚は毎日払え」

思わぬ宣言と要求に、ロテールは切れ長の目を僅かに見開いた。

「それは……どういう、ことだろうか」

いつもは冷徹《れいてつ》な声にも、微かな戸惑いの色がある。

するとホルガーは、肩越しに背後の台所を親指で指した。

「カチカチのパンを一つ持って帰る代わりに、うちで晩飯を食ってけ。次の日の昼に食う分は、残り物を持たせてやる。それで問題ないだろ？」

無論、意外すぎる申し出だったのだろう。ロテールは、浅く被っていたローブのフードを、ぱさりと落とした。そして、ホルガーの意志の強そうな顔をつくづくと見る。

「当方に問題はないが、いくつか疑問がある。まず、それは貴で……いや、お前の言葉を借りれば、三たび、親切の押し売りか？」

まだ少し言いにくそうに、けれど律儀に「お前」呼ばわりで問いかけるロテールに、ホルガーは厚い胸を張って大きく頷いた。

「そうだ。前の日のパンを湯に浸けて食うくらいなら、変わり映えしないとはいえ、俺が作った温かい飯を食うほうがまだマシだろう。俺だって、飯を一人分作るのも二人分作るのも、まったく手間は変わらん」

「だが、経費はかかる。銅貨二枚では割が合わないはずだ」

　やはりそう来たか、とホルガーは心の中で苦笑した。どこまでも理屈に合わないことを嫌がるロテールの性格は、徐々に理解しつつある。単純馬鹿を自負するホルガーも、この程度の反撃は予想済みで、答えも準備していた。

「勿論そうだ。けど、そこは俺が受ける利益で埋め合わせってことでいい」

　澱《よど》みのない返答に、ロテールはますます訝しそうに薄い唇を引き結ぶ。

「お前が受ける利益？　わたしに食事を摂らせることでか？」

「そうだ。近所の人たちの中には、あんたがうちの店の客だって知ってる奴がいる。それなのに、俺のパンを食ってるあんたが、そんな青っちろい顔とガリガリの身体でいられたんじゃ、体裁が悪い」

「それは……わたしがここでパンを買うことで、お前に迷惑を掛けているということだろうか」

「そうじゃねえ。俺は、どんな客だって大事にする。それが先代の……親父の教えだからな。ただ、俺はあんたに、俺の焼いたパンをちゃんと食ってもらいたい」

「……すまない。少し、理解が難しい」

「だから、これはあんたのためじゃねえ。俺のパン屋としてのプライドを守るためにやることなんだ。……その、何だ。単純に言えば、俺ぁ、あんたに俺のパンを『旨い』って言わせたいんだよ」

ようやくホルガーの意図を理解したロテールは、露骨に鬱陶しそうな顔をした。そして、教師が出来の悪い生徒に小言を言うような調子でこう言いかけた。

「以前も言ったと思うが、わたしは食を生命維持の手段としか考えていない。美味しいまずいどころか、食物の味そのものに興味が……」

だがホルガーは片手を軽く上げ、ロテールの話をぞんざいに遮った。

「ねえんだろ、わかってる。けどそりゃ、これまでの話だろうが。まともな飯を毎日食ってりゃ、そのうち変わってくるかもしれん。……そうだ、何なら、俺の実験に毎日銅貨二枚払って付き合うと思えばいいじゃねえか」

「実験？」

「そうだ。俺は、俺が思うまともな飯をあんたに出す。あんたはそれを食う。まずは半年やってみようぜ。それであんたが健康的なツラになるかどうか。飯が旨い、食事が楽しいって思えるようになるかどうか。魔法使いなら、実験はお手のものだろ?」

どうやら、「実験」という言葉を使ったホルガーの提案は、多少、ロテールの興味を惹《ひ》いたらしい。

ロテールは数分間も窓の外を眺めて思案してから、視線をホルガーに戻し、にこりともせずに「わかった」と言った。

「わかったってなあ、飯を食うってことか?」

「ああ。その実験は、なかなかに興味深い。それにわたしのほうにも、疑問が湧いた」

「ほう?」

「何故、お前がそのように食事を重要視するのか、という疑問だ。共に食事をすることで、その疑問を解決できるかもしれん」

「だったら、これで話は決まりだな」

ホルガーは小気味いい音で指を鳴らしたが、ロテールは「まだだ」と言い、こう付け加えた。

「ただし、銅貨は一日三枚にしてもらおう。わたしは吝嗇《りんしょく》ではないからな」

「……お……おう」

銅貨二枚が三枚になったところで、子供の駄賃ほども違わない……というコメントを喉元でどうにか押しとどめ、ホルガーは実に微妙な表情で右手を差し出した。ロテールは、わずかに首を傾げる。長い黒髪が、白い頰の上を音もなく滑った。

「何か？」

「契約が成立したときゃ、握手すんのが普通だろ？」

「……それは知らなかった。失敬した」

四角四面に謝罪して、ロテールは実にぎこちなくホルガーと握手した。指が長く骨張った、死人のように冷たい手だった。

「よし、じゃあ、早速晩飯にしようぜ。今夜は、牛胸肉《ブリスケット》と野菜のシチューだ。じっくり煮込んだから肉は柔らかくなってるはずだし、人参にもリーキにも蕪《かぶ》にも、スープがよく染みてるはずだ。あんたはまだ病み上がりだからな。滋養のつきそうな飯にした」

「……そうか」

一応、丁寧に説明したホルガーに対し、ロテールはあからさまにどうでもよさそうな顔つきで、それでも形ばかり頷いてみせる。

「わかってるよ。初日から『旨そうだ』なんて切り返しは期待してねえ。とにかく、実験開始と行こうぜ」

肩を竦めて軽いイライラをやり過ごし、ホルガーは店の入り口に閉店の札を出して扉を施錠した。そして、涼しい顔の魔法使いを、居心地のいい台所に招き入れたのだった。

三章　仮面の下の

「まったく。俺は新妻か。いや、新妻がどんなもんかなんてことは知らんが」

自分が発した独り言のあまりの馬鹿馬鹿しさに、ホルガーはエシャロットを刻む手を止め、小さく舌打ちした。

実験の名目で、ロテールがホルガー宅で毎晩夕食を食べていくようになり、もう三週間になる。

今のところ、目立った変化はない。

相変わらずロテールは顔色の悪い痩せっぽちだし、何を出しても「美味しい」という言葉どころか、味の感想は一切聞けない。

ただ、ホルガーの振った話題に短く応じ、出されたものをすべて平らげ、翌日の昼食分を椀に盛り分けてもらってパン二きれと共に持ち帰る。毎日が、その繰り返しだ。

そんな単調な日々でも、最初は我ながら物好きだと思っていた毎晩の奇妙な会食が、最近は妙に楽しくなってきたホルガーである。

ロテールに言ったように、一人分が二人分になったところで、買い物や調理の手間は変わらない。これまでは同じ料理を何日も食べ続けなくてはならなかったが、二人になってからは、短いスパンで鍋をからっぽにすることができるようになって、そこはむしろありがたい点だ。

加えて、たとえ無愛想で無口、しかも男だとしても、一緒に食事をする相手がいるというのは、ホルガーにとっては思いの外嬉しいことだった。

何しろ、ロテールと違ってホルガーは、生まれたときからずっと家族三人で食卓を囲んできたのだ。両親が隠居した後はずっとひとりで、もうすっかりそれに慣れっこだと思っていたが、やはり少しは寂しかったらしい。

それに、ロテールのために夕食を作るようになって初めて、ホルガーは自分の母親がどれだけ心を砕いて料理をしていたか理解できるようになった。

パン職人の父親は味にうるさく、ホルガーの母親は、決して同じ料理を二日続けて出さなかった。大きな鍋でどっさり肉や野菜を煮込むときも、初日は塩だけであっさりと味をつけ、翌日、翌々日と食材や調味料を順に足すことで、飽きずに食べられるよう変化を付けていたのである。

自分ひとりのために料理していたときは、そんな母親の配慮に思い至る機会はなかった。だがロテールにも食べさせるとなると、「旨い」と言わせるより先に「飽きた」と言われたのではたまったものではない。自然と日々の献立に、以前より気を遣うようになる。

意外とまめな自分に驚きつつも、ホルガーは日々、母親が作っていた料理を思い出したり、店番をしながら知恵を絞ったりして、めきめきと料理の腕を上げつつあった。

「とにかく……あいつに食わせるって名目で、俺も前よりはマシなものを食ってるんだ。悪いことは何もない」

そうひとりごち、彼はざくざくと刻み終わったエシャロットを、挽《ひ》き肉の入ったボウルにあけた。今夜は、この挽き肉でゆで卵を包み、パン粉の衣を付けて暖炉の火で焼き上げるつもりだ。茹《ゆ》でた豆とケールをたっぷり添えれば、充実した食事になるだろう。

日が昇る前に起き、パンを焼いて売り、夜には不景気な仏頂面の魔法使いと食卓を囲み、翌日のパン生地を捏ねて眠りにつく……。

お決まりではあるが、以前よりほんの少しだけ複雑になった生活を、ホルガーは「普通の毎日」として受け入れつつあった。

そんなある朝、いつものように窯に火を入れようとして、ホルガーは鼻筋に皺を寄せた。

「こりゃ、いよいよ駄目だな」

父親から譲り受けた窯は極めて頑丈だが、それでも毎日高熱に曝《さら》されていれば、徐々に傷んでくる。

数ヶ月前、窯の表面に生じた小さなヒビが徐々に大きくなり、その朝、ついに手のひらほどの欠片が剝《は》がれ落ちてしまった。

この程度のことは年に一度くらいはあるので、ことさらに慌てるような事態ではない。窯の本体を成す煉瓦には何の問題もなく、ただその表面を厚く塗り固めた粘土が先に駄目になってしまうのだ。欠けた部分を新しい粘土で埋め、ついでに他のヒビも修繕して十分に乾かせば、ちゃんと使えるようになる。

晴天続きで気温も高い今ならば、まる一日あれば塗り直した粘土は乾くだろう。臨時休業は、一日で済みそうだ。

「よし。そうと決まったら、今日のパンを焼いたらすぐ、修繕の準備をしなくちゃならん」

ホルガーは頭の中で手順の算段をしながら、まずはとにかく今朝のパンを焼いてしまうべく、窯に薪を放り込み始めた。

「そんなわけで、明日は店を閉めなきゃいけなくなった。一日だけとはいえ、迷惑かけて悪いな」

「いいんだよ、窯もあんたも、たまには休みが必要さ。それに、かえって悪いねえ」

突然の休業を詫《わ》びるホルガーに、店を訪れた客たちは、一様に似たようなことを言い、笑顔で帰っていく。毎日のパンは重要な主食のはずだが、誰も余分に買い占めたり、文句を言ったりはしない。

その理由は、単純なことだった。

今回、ホルガーは考えを巡らせ、パンを買いに来てくれた客全員に、家族の数に応じた数のジャガイモを無料で配ることにしたのだ。

無論、そこそこの出費にはなるが、そうしておけば、皆、明日一日はその芋《いも》でしのぎ、明後日にはいつものようにパンを買いに来てくれるだろう。

ホルガーは、他の店に客を取られる心配をしなくていいし、「明日は何を食べればいいんだ」という客の不平に胸を痛める必要もない。客のほうも、パンを買ったら翌日の芋がついてくるのだから、むしろ得をするわけで、何の不満も不自由もないというわけだ。

多少無理をしても思いきった手に出てよかったと、ホルガーは最後のパンを買っていった客を見送り、安堵の表情で店を閉めた。

時刻はまだ午後六時過ぎ。ロテールがやって来るまでに、二時間ばかりある。いつものように夕食の支度をするべく台所に引き上げた彼は、ふと頭を過ぎった考えに、しっかりした顎に手を当て、「ふむ」と呟いた。

「そうだな……。あまりにも同じことばかり毎日繰り返していては、頭が腐る。たまには変化を求めなくちゃな」

そう言ってニヤリと笑い、彼は何故か財布を取り出し、残金を数え始めた……。


それから一時間ほど後。

ホルガーは大きなバスケットを提《さ》げ、ロテールの工房を訪れた。

辺りはまだ真っ暗になってはいないし、どうせワーカホリックなロテールのことだ、まだ工房にいるだろうと、表の扉を勢いよく開けてみる。

幸い、工房に客人の姿はなかった。

「よう」

ホルガーがいつもの調子で片手を上げて挨拶すると、薄暗い室内で暖炉の傍に椅子を置いて腰掛け、何やらグツグツと煮ていたロテールは、寝起きのトカゲのような目を向けてきた。

「ホルガー？　いったい何用だろうか」

予想はしていたが、不意に訪問しても、「こんばんは」も「ようこそ」もなしである。

しかしホルガーは、用がないなら帰ってくれと言わんばかりの剣呑な空気を一切無視して、

「邪魔するぜ」と工房の中にズカズカと上がり込んだ。

「何用かと訊いているのだが」

ロテールは声を幾分尖らせたが、日頃、自分がホルガー宅で食事をしている引け目を少しは感じているのか、直截的に「出ていけ」とは言わない。

ホルガーは作業用の大きなテーブルの空き場所にバスケットを下ろすと、勧められてもいないのに、来客用と思われる木製の丸椅子にどっかと腰を下ろした。

「実は、パンを焼く窯が壊れちまってな」

おもむろにそう切り出したホルガーに、ロテールは奇怪な臭気を立ち上らせている大鍋の中身をゆっくりと掻き混ぜながら、無愛想な相づちを打った。

「そうか」

これまた予想どおりの淡泊な反応に、ホルガーは口元だけで苦笑いする。

「おう。そんで、今日のパンを焼いた後、こねた粘土を塗りたくって窯を修繕したから、明日一日、乾かさなきゃならねえんだ」

別に知りたくもない情報を勝手に与えられていると言わんばかりの迷惑そうな表情で、

それでもロテールは一応耳を傾《かたむ》けている。ホルガーは、ニッと笑って傍らのバスケットを指さした。

「そんなわけで、俺は明日、久々の休みだ」

「つまり、今日明日は食事を自分で何とかしろと、わざわざ言いにきてくれたのか。親切痛み入る」

どうやらイヤミで言っているのではないらしく、ロテールの顔も声も真面目そのものだ。軽く目礼すらされて、ホルガーは思わず笑い出してしまった。

「ばーか、そうじゃねえ。俺のこの大荷物は何だと思ってるんだ」

「何だろうか」

どこまでも生真面目に問われ、ホルガーは立ち上がると、バスケットの中身を取り出して一つずつロテールに見せながら、机の上に並べ始めた。

「休みの前の夜くらい、豪勢にやりたいからな。色々持って来た。肉屋で仕入れてきたポークパイと固くてしょっぱいソーセージ、魚屋で買った小エビのバター漬けと、おまけにもらった鯖《さば》の燻製《くんせい》。それから俺が作った、ベーコンとジャガイモ入りのオムレツだろ、きのこのマリネにチーズだろ、あと、勿論俺のパンと、これだ！」

最後にホルガーが誇らしく取り出したのは、リンゴ酒《サイダー》で満たされた大きな陶器の水差しだった。

　このあたりでは葡萄《ぶどう》があまり採れないので、ワインはどちらかといえばハレの日の飲み物である。代わりに、放っておいても山ほど採れるリンゴを使って、それぞれの酒場が自家製のリンゴ酒を作るのだ。

　透明なものや濁ったもの、発泡性の有無や甘さの度合いなど、店ごとに味わいは千差万別で、皆、リンゴ酒には一家言あるのだが、ホルガーの好みは透明で発泡性がない、やや辛口のものである。作っているのは、広場に面した町でも指折りの古い酒場だ。

「どうだ、すげえだろう！」

　得意げに胸を張るホルガーに対して、さっきからずっと瞬きもせずホルガーが取り出す品々を見ていたロテールは、カラスのような微妙な首の傾け方をした。

「確かに色々持参したようだが、それらをどうするつもりだ？　それに、最後の水差しに入っているのは、結局何なのだ。それだけは、説明がなかったようだが」

「見てもわかんないのかよ？　あーあーもう、食に興味がないのは知ってたが、酒にも興味がねえのか」

「酒？」

「そ。リンゴで作った旨い酒だよ。休みの日の前じゃねえと、安心して飲めないだろ？

まあ、あんたは明日も普通に仕事だろうからそこそこでいいけど、俺はがっつり飲む。で、飲むんならしっかり食わなきゃ。ってわけで、食い物もしこたま仕入れてきたわけだ」

「……なるほど」

「心配しなくても、余計に払えとは言わん。ひとりで飲んでもつまらんから、つきあってくれって話だ。いいだろ？」

「異存はないが」

わかったのかわかっていないのかまったく不明な無表情で、ロテールは曖昧に頷く。その手応えのなさにはすっかり慣れっこのホルガーは、ご機嫌で扉のほうを見た。

「で？　そろそろもう客は来ないだろう。本日閉店の札でも出してきてやろうか？」

するとロテールは、小さくかぶりを振って大鍋を指さした。

「それより、この鍋をそっちの台へ移してくれるとありがたい。札の入れ替えと施錠は、使役にやらせればいいことだ」

聞き慣れない言葉に、ホルガーは顔をしかめ、室内を見回した。

「誰にやらせるって？　見たところ誰もいないようだが、あんた、もしや使用人か弟子でも置いてるのか？」

するとロテールは、こともなげに言った。

「使役は人間ではない」

そして彼がローブのたっぷりした袖の中でわずかに指先を動かしたと思うと、入り口の扉がひとりでに開いた。表で何かカチャカチャと音がしたと思うと、すぐに扉はまた自動的にバタンと閉じ、閂《かんぬき》が掛けられる。

ホルガーは仰天して、口をパクパクさせた。

「お……お、お、おい、今、勝手に扉やら閂やら……あれがあんたの魔法かっ⁉」

「使役だと言ったばかりではないか。……我等魔法使いは、魔術を使って捕らえた弱い精霊と契約を結び、彼らを教育し、働かせ、養うのだ」

「だ、だって、見えなかったぞ、何も」

「魔術を修めていないお前に見えないのは無理もない。心配せずとも、わたしの使役がお前に害を及ぼすことはない。それよりも、鍋を」

「……お、おう」

ホルガーは、半分魂が抜けたような顔でヨロヨロと暖炉に歩み寄り、ロテールが差し出した分厚いミトンを嵌《は》めた。ずっしり重い大鍋を軽々と鉤から持ち上げ、指定された台の上に置く。鍋の中には、ドロドロした褐色の液体が入っていた。

「これ……薬か？　妙に甘い匂いがするが」

「胃腸薬だ。消化を助けるハーブを何種類か煎じ、混ぜ合わせて糖蜜を加えた」

「あー、だからドロドロしてんのな。で、その使役とやらは、いつもあんたと一緒なのか？　その、店にも連れて来てんのかよ？」

「いや。わたしの使役は未熟で、大したことはできぬ。連れ歩いても何の役にも立たぬゆえ、工房に留めている」

「それ聞いて、安心したぜ……」

ようやく愁眉《しゅうび》を開き、落ち着きを取り戻したホルガーは、ぼんやり座ったままのロテールに両腕を広げてみせた。

「で？　どこで飲み食いする？　ここと寝室の他に、部屋は？」

「ほかはすべて倉庫と書庫として使っている」

「……ってことは、飯を食う場所は、ここしかないってことか」

「そういうことになるな」

「じゃ、暖炉の前で腰を落ち着けて、あんたとことん飲むとするか。このテーブル、使っていいんだろ？」

「後で片付けるなら」

「へいへい。帰るときには、元通りにしていくさ」

ホルガーはおそらく補助机として使っているのであろう小さな木製のテーブルを暖炉の傍、ロテールの前に据えた。そしてさっきまで自分が座っていた丸椅子をロテールと差し向かいになるように置き、テーブルに酒と食べ物を運んでは並べ始める。

さすがにそのくらいはすべきだと思ったのか、ロテールはすっと席を立ち、奥から大ぶりのグラスを二つと皿を二枚持ってきた。

「そんじゃ、初めてサシで飲むとするか」

ホルガーは、ロテールのグラスに黄金色のリンゴ酒をなみなみと注いだ。ロテールが注ぎ返してくれることなどはなから期待していないので、自分のグラスも満たしてから水差しを置く。

「おっと、そういや決めてなかったな。何に乾杯する?」

ホルガーがそう言うと、ロテールはほんのわずか、目を見開いた。それだけのことで、彼がキョトンとしているのだとわかるようになってしまった自分に呆れつつ、ホルガーは仕方なく律儀に説明する。

「酒盛りも初めてかよ。いいか、誰かと酒を飲むときには、最初に必ず、何かを願って乾杯するもんだ。まあ、だいたいはお決まりのことだな。幸せだの、健康だの、長寿だの」

するとロテールは、あっさりこう言い返してきた。

「ならば、そのすべてでよいではないか。願うだけならタダだ」

「はっ、違いねえ。じゃ、まあ、お互い、色々上手くいくようにってことでいいか。乾杯」

ロテールのそういう無造作なところが嫌いではないホルガーは、機嫌よくグラスを掲げた。いかにも見よう見まねでロテールが持ち上げたグラスに自分のグラスをカチンと軽く合わせ、「これが乾杯だ」と片目をつぶる。

「で、乾杯したら、そのままグラスを下ろさずに一口飲む」

「……ふむ。酒席にも色々と作法があるのだな」

わかったようなわからないような調子で小さく頷き、ロテールはほんの少量、リンゴ酒を口に含んだ。コクリと飲み下し、しげしげとグラスの中身を覗き込む。

「確かに、リンゴの味がする。だが、喉を刺すような刺激もある」

「そりゃリンゴで作った酒なんだからな。けど、これはさほど強いほうじゃないんだぜ。西区の『黒犬亭《くろいぬてい》』が作るリンゴ酒なんて、飲んだら立てなくなるほどきついってんで、『膝ガク』って名前がついてるくらいだ」

「何故、そのような物騒なものを売るのだろう」

「そりゃ、人気があるからだろ」

「では何故、そのような物騒な酒を、人々は好むのだろう」

「簡単なこった。少しの量でがっつり酔えりゃ、安上がりだからだ」

自分もお気に入りのリンゴ酒で喉を潤したホルガーは、持参のナイフで早速ポークパイを切り分けながら、ロテールの素朴な疑問に答える。

するとロテールは、やけに感心した様子でこう言った。

「ふむ。人はそれほどまでに、酔うことを欲するのか。人間が酔えば、いったいどのような状態になるものか。実に興味深い」

後になってみれば、ホルガーはその発言をもっと気にするべきだったのだが、そのときの彼は空腹だったたし、思いがけない休日を得て少し浮かれていたたし、魔法使いと二人きりで酒を飲むという人生初の体験を大いに楽しみたい気分でもあった。

だから彼は、ロテールの言葉をサラリと聞き流し、陽気に言った。

「そりゃ、みんな色々あるからな。ほら、遠慮しないでじゃんじゃん飲め。そんで、好きに食え。このポークパイ、相当いけるぜ」

ホルガー行きつけの肉屋の女房が手作りするポークパイは、溶かしたラードと熱湯で粉を練った生地で、色々な部位の豚肉をセージやナツメグ、胡椒《こしょう》などで味付けしたものを包み込み、高さを出して焼き上げたものだ。

パイが焼けてから中に注ぎ入れた、豚の骨と野菜を煮出して作ったストックがプルプルの煮こごりの層をなし、それがしっかりした肉とホロリと崩れやすい皮を馴染《なじ》ませていて、素朴だが何とも言えない味わいがある。

ロテールはパイを口にしても、いつものように旨いとも不味いとも言わなかったが、それでもホルガーが持参した食べ物を次々と試したし、注がれるままにリンゴ酒も飲んだ。

途中でさすがにホルガーが手酌なのに気付いたらしく、実にぎこちない手つきで、ホルガーのグラスにリンゴ酒を注ぎもした。

暖かな暖炉の傍で、二人は淡々と酒を酌み交わし、食べ物を平らげた。

ロテールはどんなに飲んでも顔色一つ変えなかったが、少しは酔っているらしい。僅かな変化ではあるものの、ホルガーの問いかけに対する答えが、徐々にいつもより長くなってきた。つまり、普段の彼に比べれば、ずいぶんと饒舌《じょうぜつ》になってきたのである。

(面白くなってきやがった)

これは、謎めいた魔法使いのことを、あれこれ聞き出すチャンスかもしれない。そう考えたホルガーは、魔法使いの具体的な仕事内容について、思いついた端から問いかけてみた。

「じゃあやっぱ、看板に呪詛はお断りって書き足したのは、あんたか。……ってことは、先代の魔法使いは、誰かを呪う仕事を受けてたってことか?」

　自分も少し酔いが回ってきたことを自覚したホルガーは、椅子から落ちないよう、前屈《かが》みになって腿に腕を置いて上体を支えながら訊ねた。ロテールは、どうでもよさそうにチュニックの肩を竦める。

「先代のことは知らぬ。赤の他人だからな。だが、この工房を受け継いですぐの頃、何人か呪詛の依頼を持ち込んだ輩《やから》がいた。だから、おそらく受けていたのだろう」

「けど、あんたはやらない。何でだ？」

「できないからだ」

　ロテールの座っている椅子には背もたれがあるので、彼のほうはゆったりと椅子に身体を預けて簡潔に答える。

「できない？　しないじゃなくて、できないのか？」

「ああ。我が師アレッサンドロは、ごくたまにやっていたようだが。呪詛というのは、お前が思うより難しく危険なものなのだ、ホルガー」

「そりゃ、人様を呪うのが簡単じゃ恐ろしすぎるけどよ。危険ってのはどういうことだ？」

「人を呪えば、その暗い念は、成功失敗にかかわらず、必ず呪いを掛けた者に戻ってくる。本来ならば依頼者に返るその呪詛を、代わりに受けるのが我等魔法使いだ」

　目の前の暖炉ではパチパチと暖かに火が燃えているのに、何の外連味《けれんみ》もなく語られるロテールの話が空恐ろしくて、ホルガーは思わず身を震わせた。

「物騒だな、おい。人を呪わば穴二つってなあ、まんざら嘘でもねえのかよ」

「まったくの真実だ。返ってきた呪いを打ち消す力がなければ、その魔法使いは死ぬ。わたしは幸か不幸か、呪詛に関しては師匠から教わっておらぬのでな。はなから手を出さぬのだ」

「何で、あんたの師匠は、あんたに呪い方を教えなかったんだ？」

するとロテールは、初めて見せる困り顔で、わずかに目を伏せた。どうやらアルコールは彼の舌だけでなく、いつも強張っている顔の筋肉まで緩めてしまったらしい。

「向いていない、と言われた」

ロテールがようやく見せた人間らしい表情に視線を奪われつつ、ホルガーは眼鏡の奥の灰緑色の目をパチパチさせる。

「向いてない？　呪いに、向き不向きなんてあんのかよ」

「無論、ある。弟子の素質を見抜き、伝授する魔術の種類を選ぶのは、師匠の権限だ。弟子がそれに異を唱えることは許されぬ」

「あー、そりゃそうだな。俺たちみたいな職人の仕事でも、向いてないと感じた弟子は、早々に辞めさせるもんだからな」

「我等の場合は、もっと深刻だ。不向きな術を授ければ、未熟な魔法使いはいつかしくじって自滅するだろう。下手をすれば、他人を巻き込むような大きな災いを招かぬとも限らない。師匠の責任は重大なのだ」

「ま、そりゃそうだろうが……」

塊で持って来た固いチーズをナイフで削《けず》り取り、ちぎったパンで挟んで口に放り込んだホルガーは、やや不明瞭な口調で疑問を口にした。

「けどよ、だったら何で、養子なんだ？」

「質問の意図が、理解できない」

幾分酔っていても、ロテールの声から冷ややかさは消えない。ホルガーは鼻白みながらも、みずからの質問を捕捉した。

「どうして、あんたの師匠は養子を取ったんだってこと。実の子なら、自分の素質をある程度受け継ぐわけだろ？　そのほうが確かじゃねえか。俺ぁそういうことには疎《うと》いんだが、魔法使いには禁欲の誓いでも立てなきゃいけない掟《おきて》があんのか？」

ホルガーの不躾な質問に、ロテールは小馬鹿にしたように鼻を鳴らした。

「馬鹿な。そんなくだらない掟は存在しない。少数ではあるが、妻や夫を持つ魔法使いはいる」

「じゃあ、何で所帯持ちが少数派なんだ？」

するとロテールは、小さく嘆息して、常識を語るような口調で話し始めた。

「魔法使いは、人々の暮らしになくてはならない存在でありながら、決して集落の一員として本当の意味で受け入れられることはない。そのくらいは、お前でも知っているはずだ」

ホルガーは、曖昧な相づちを打つ。

「そりゃ……まあ、何となくそんな感じはする。こう、みんなあんたを『魔法使い様』なんて恭しく呼んで尊敬してるが、あんたについて何も知らないみたいだ。あんたがうちの客だって聞いて、みんな驚いてたもんな。魔法使いもパンを食うんだって。当たり前だ」

ロテールは目を伏せ、ごく小さく肩を竦めた。

「それでもこの町の人々はまだ、魔法使いに対しての警戒心が薄いほうだ。わたしが育った村では、魔法使いに接した者は、必ず別れ際に手で魔除けのまじないをする。魔法使いが死ねば、その身体を悪霊に乗っ取られぬよう、心臓に杭を打つ。半日以上、魔法使いと共に過ごした者は、魔法使いの身内とみなされ、死ねば同じ目に遭う」

耳を疑うような陰惨な話に、ホルガーは目を剝いた。

「な、何だと？　じゃあ、あんたが元いた村じゃ、毎晩あんたと一緒に晩飯を食ってる俺なんかは……」

「間違いなく、死ねば広場で衆人環視の中、杭打ちだな」

「げっ。冗談じゃねえな。けど、何だってそんなに魔法使いってなぁ、警戒されてんだ？　護符だの薬だの葬儀だのって、みんな、魔法使いには世話になってるじゃねえか。あんまりにも酷くねえか、杭打ちだなんて」

魔法使いへの理不尽な偏見に腹を立てているらしきホルガーに、当のロテールが、むしろ諭すような口調で答える。

「それは魔法使いが、厄災や人々の不安、病、死……そういった人の心の闇に近い存在だからだ。呪詛を引き受ける者ならば、恨みや憎しみといった負の感情にも多く触れる。決して、清浄な存在とは言えまいよ」

「う……うう、そりゃ、まあ」

「黒衣をまとった魔法使いを見ると、皆、そうした忌まわしいことを思い出す。だから、我々とは極力、関わり合いになりたくないのだ。魔法使いなど、用があるとき以外は自分たちの暮らしから遠く切り離しておきたいのだよ」

「だからって、そりゃ酷いだろう！　少なくとも俺はそんな風には思ってねえぞ、あんたのことを」

憤慨するホルガーをむしろどこか面白がるように見やり、ロテールは冷静沈着に言葉を継ぐ。

「無論、魔法使いの家族ともなれば、同類も同類だ。魔法使いであり続ける限り食うに困ることはなかろうが、その家族は本人同様に忌まれ、工房以外、居場所のない身の上となる。自分の意志でその立場を選べる配偶者はともかく、無辜《むこ》の赤子にそんな過酷な重荷を負わせたいとは誰も思うまい。子は親を選べないのだからな。だから魔法使いは、家族を持たぬ生き方を選ぶことが多いのだ」

「……ああ……なるほど、な。いや、でも待てよ。養子ならそんな酷い立場に立たせてもいいのかよ！」

酔いと憤りのせいで、ホルガーは自分の声が必要以上に大きくなっているのに気付いていたが、どうしても抑えることができなかった。

しかしロテールのほうは、ホルガーがどうしてそうも激しているのか理解できないと言うように、軽く眉をひそめてこう言った。

「前に話したと思うが、わたしも弟弟子のカレルも、養子に出されたというより、口減らしのために親に売られたのだ。飢え死にするよりは、たとえ魔法使いの身内にされても、生き延びて手に職をつけられるほうがマシだろう」

「う……」

「炭鉱に売られ、肺の病で死ぬまで地下で鉱石を掘り続ける子供も、売春宿に売られ、幼くして身体を売ることを強要される子供も少なくない。引き取られた先で虐待され、死ぬ子供も多かろうよ。そうした子供たちに比すれば、わたしは恵まれているほうだ」

「そっか……。そう、なんだな」

さっきまでみぞおちのあたりに渦巻いていた怒りが、嘘のようにしぼんでいく。ホルガーは、ガックリと肩を落とした。

一瞬、自分の置かれた立場を諾々と容認し、何もかもを達観したように受け入れている目の前の男が、魔法使いの養子にさえならなければ、もっと普通に生きられたのではないか……などと考えた自分の甘さが、彼は恥ずかしかった。

魔法使いに売られたことを、ロテールはむしろ幸運だと思っているようだ。そして、それは真実なのだろう。

何不自由なく育った自分の薄っぺらい同情を悔やみ、ホルガーの頭から急激に酔いが醒《さ》めていく。そもそも本当の貧しさを知らない彼には、ロテールの境遇に腹を立てる資格すらなかったのだ。

(俺の言うことは、単なる綺麗ごとだ。こいつは……こんな涼しい顔をしていながら、どれだけのつらいことを乗り越えてここにいるんだろうな)

「……すまん」

羞恥のあまり思わず頭を下げたホルガーに、ロテールはますます訝しそうな面持ちになった。

「お前が謝るようなことは、何もない」

「あんたになくても、俺にはある。世間知らずのくせに、偉そうな口をきいて悪かった。色々、突っ込んだことも訊きすぎた。……けど、この際だから、もっと訊いてもいいか？　知らないままでいたくないんだ。せっかく繋がった縁なんだしな。俺の知らない魔法使いの生き方って奴を、ちゃんと知っておきたい」

リンゴ酒の香りを嗅ぎながら、ロテールは微妙に困惑したままで頷く。

「知ってどうなるものでもないと思うが、お前が望むなら。何を語ればいい」

ホルガーは背筋を伸ばし、学校で教師に教えを乞う生徒のような真剣さでこう言った。

「じゃあ……アレだ。これまでの話をまとめると、あんたが魔法使いの弟子になってよかったことは、飢え死にしない程度に食わせてもらえたことと、魔法使いとしての教育を受けられたこと。そんなとこか？」

「そういうことになるだろうな」

「だったら、つらかったことは？　ないわけないだろ？　俺はパン屋修行に入ったとき、何より辛かったのは早起きだ。いまだに、冬なんかはちっときついときがある。……あんたは？　魔法使いの弟子がつらいと思うことは何だった？」

それは、予想外の質問だったのだろう。ロテールはグラスを持ったまましばらく考え、いつもの平板な口調で答えた。

「そうだな。幼い頃は、力仕事に時間がかかるのがつらかった。師匠は短気であったゆえ、仕事が遅いと杖《つえ》で打たれたものだ。だが長じてからは、これといって何も」

「そっか……。休みの日とかってあったのか？　小遣いは？」

「休みなどない。あったところで、何をすればよいのかわからぬ。小遣いは……たまに使いに出されて、先方で貰った駄賃は我が物にしてよいことになっていた。それを貯めて、魔術の稽古用の素材を買ったり、弟弟子に菓子を買い与えたり……その程度だが」

背筋を伸ばしているのにも限界があったらしく、ホルガーは再びしっかりした腿に頬杖を突き、呆れ顔でロテールを見た。

「どこまでも魔法漬けだったんだな。確かにそんな暮らしじゃ、差別云々を脇に置いても、恋人を作る暇なんてねえな」

「……恋人？」

耳慣れない外国語のように、ロテールはぎこちなくその言葉を口にした。ホルガーは、その反応に嫌な予感を覚えつつ、恐る恐る訊ねた。

「その……なんだ、誰かとつきあったことは？　その、恋愛関係になるって意味だが」

そんなプライベートな質問にも、今日は「答える義務はない」と突っぱねるつもりはないらしい。ロテールは実にあっさり答えた。

「ない」

「一度も？　片想いとかは？」

「ない。他人のことを、そういった意味で特別視したことはない」

「あんた、不景気だけど男前なのにな。惚《ほ》れるほうはともかく、惚れられたこともないのか？　町の女房衆が、あんたを役者みたいな男前だって言ってたぜ？」

「他人の心持ちは知らぬ。少なくとも、他人にそのような恋慕の情を告げられたことはない」

「そりゃまあ、そんな不機嫌なツラじゃな……」

堅物にも程があるロテールに、ホルガーは思わず頭を掻いた。酒の席だからと心の中で言い訳して、失礼な問いかけを駄目押しでもう一つ重ねてみる。

「じゃあ……その……あんたきっと、俺と同じで三十路《みそじ》くらいだろ？　まだ……なのか？」

「何が？」

黒い瞳が、やけに無邪気に見返してくる。「参ったな」と呻きつつ、ホルガーは抑えた声で早口に言った。

「だからよ。相手が女でも男でもいいが、その……身体の……関係って奴は」

「……ああ」

そこまで言われて、ようやくホルガーの質問を理解できたらしい。ロテールは、やはり無表情に口を開いた。

「養父であり、師匠であったアレッサンドロと一定の性的交渉はあった。ただ、誰とも実際の行為に及んだことはない」

明快な、しかし微妙にお堅い言葉を敢えて用いた説明が咄嗟に飲み込めず、ホルガーは酔眼を泳がせる。

「あ？　それは……ええと、つまり？」

するとロテールは、小さく嘆息して低い声で言った。

「いつの頃からか、夜に時折、師匠に呼ばれることがあった。そんなときは決まって、服を脱ぎ、全裸で寝台に上がるよう命じられた」

「な……っ」

「彼は随分高齢であったゆえ、男のものは既に用を為さぬと言っていた。だから……師匠

がわたしとことに及ぶことは一度もなかった。ただ……」

もういいと制止すべきだとわかっていたのに、ホルガーは何も言えず、ただ石のように固まっていた。伏し目がちに語るロテールの暖炉の炎に淡く照らされた細面が、不思議なほどに艶《なま》めかしくて、ホルガーの双眸《そうぼう》は釘付けにされていたのである。

「ただ彼は、わたしの肌に触れ、嬲《なぶ》り……そしてわたしに、彼の目の前で自慰をさせた。命の昂《たか》ぶりや迸《ほとばし》りを見たい、それで己が性欲は満たされるのだと彼は恍惚《こうこつ》とした眼差しで言っていた。それに、わたしの精が魔術の素材になるからと、ガラスの容器が満ちるまで自慰を繰り返せと命じることも……」

まだ説明が必要かと言いたげに、さすがのロテールもそこで口ごもり、ホルガーを見た。そして、魂を抜かれたように中途半端に身を乗り出した姿勢で微動だにしない彼に気づき、訝しげに眉根を寄せる。

「ホルガー……？」

呼びかけられて、ホルガーはハッと我に返り、ガバッと頭を下げた。

「す、すまん。もういい。本気で悪かった！」

大声で詫びてからそろそろと上げた彼の顔は、真っ赤だった。酔ったせいだけでないことは明らかな、ただならぬ赤面ぶりである。

ホルガーは、すっかり動転してしまっていた。

パン屋として早寝早起きが欠かせない彼だけに、そう頻繁に参加できるわけではないが、町の男たちと酒盛りをすると、どうしても猥談《わいだん》になる。

ホルガー自身はさほど得意な話題ではないが、酒の肴《さかな》に自分の数少ない経験を語ったことはあるし、他人の初体験での赤裸々な失敗談で大笑いしたり、誇張された自慢話を冷やかす程度のことは平気でできる。

しかし、あけすけに語られる猥談は笑い飛ばせても、こんな風にやけに淡々と語られては、かえって具体的な光景を想像してしまい、いたたまれなくなる。しかも相手が、性的なものを感じさせない、むしろ枯れた感じのロテールだけに、衝撃は百倍だ。

しかし恥じ入るホルガーに、ロテールはむしろ奇異の眼差しを向けた。

「問われれば答えると言ったのはわたしだ。有言実行しているだけなのに、何故お前は、さっきから謝ってばかりいるのだ」

「だってそりゃ……嫌なこと、思い出させちまったからだよ。つらかったろ、そんなことさせられるのは」

大きな身体をすぼめて恐縮するホルガーに、ロテールはやはり四角四面に答えた。

「別に、強要されたわけではない。確かに望んでしたことではないが、納得ずくだった」

「納得ずくって、そんな」

「まだ自分ひとりの力で生きることが出来なかったゆえ、庇護者に扶養の見返りとして要求されたことをしただけだ。言うなれば、税金のようなものだ」

「ぜい……きん……」

「ああ。独立するまで、それは断続的に続いた。……あるいはその役目が弟弟子に引き継がれたかと、手紙でそれとなく訊ねてみたことがあったが、カレルはわたしと違って子供らしい子供だから、師匠も食指が動かなかったようだ。あれにとっては幸いだったな」

「あんたは、子供らしくない子供……だったのか？」

「自分のことは、自分ではわからない。だが師匠は、お前は子供のくせに醒めた目をしていると、そう言っていた」

「そ……そ、っか」

動揺し過ぎて、無意識に握り締めた拳の中にじっとりと汗を掻いている。その不快な汗をズボンで拭き、とにかくまずは落ちつこうと、ホルガーは立ち上がり、おもむろに室内をうろつき始めた。

ロテールの視線を背中に感じるが、今は彼の顔を直視する勇気がない。きっと彼は怪訝そうな表情をしているのだろうが、そんな彼に今の自分の下衆《げす》な顔を見せたくない。

（俺はきっと今、とんでもないスケベ面だぞ。やめろ。想像するな……絶対、考えるな）

壁に向かって歩きながら、ホルガーは必死で自分に言い聞かせた。だが、そうすべきでないとわかっていることほどしたくなるのが、いや、せずにいられなくなるのが人間という生き物の性《さが》だ。

今よりもっと幼い……それでもおそらく大人びた、美しい顔立ちの少年だったであろうロテールが、寝台の上で一糸まとわぬ姿を晒《さら》し、白い肌を年老いた男の手で愛撫《あいぶ》されながら、ほっそりした指でみずからを慰める……。

そんな姿が脳裏に浮かぶなり、ホルガーの心臓は、胸壁を突き破って飛び出しそうなほど大きく脈打った。

胸に湧き上がった感情が、「ときめいた」などと小綺麗に表現できる代物でないことは、あまりにも正直に熱を持ち始めた下腹のそれが何より雄弁に物語っている。

（ちょっと待て。よせよ、酔っ払うにも程があるぞ。ロテールは野郎だぞ。それなのに、よ……よく……）

欲情という言葉を頭の中ですら形にできず、ホルガーは思わずよろめいて、戸棚の縁に手を突いた。

（やめろって）

その想像、もとい既に妄想の域に達したロテールの姿をどうにか脳内から追い出そうと、ホルガーは強く頭を振った。だが、ギュッと閉じた瞼《まぶた》の裏で、白い裸身のロテールは、うっすら汗ばんだ顔に乱れ髪を張り付かせ、両手で自分のものを弄《いじ》りながら、すらりとした両脚をゆっくり広げた。そして、視線をゆっくりと上げ、凍《い》てついた黒い瞳でホルガーを真っ直ぐに見る……。

(やめろってのに!)

「ホルガー? そこで何をしている?」

「あ……」

背後から聞こえたロテールの冷静極まりない声に、ホルガーはどうにか正気に返った。あんな艶っぽい話をした後だというのに、ロテールの声音には、淫靡《いんび》な色は欠片もない。

(そうだよ。あいつがそんなに色っぽい顔でどうこうしてたわけがないだろ。絶対こう、がばーっ、ごしごし!って感じで事務的に……いやもうその件から離れろ、俺!)

他ならぬロテールの声で、危ない妄想はどこかへ引っ込んでくれた。それでもまだ、脚の間にくすぶっている熱を早急に散らすべく、ホルガーはことさら陽気な表情と声を作り、振り返った。

「あー、い、いや、この棚、あんまりたくさん瓶やら壷やらが並んでるんで、つい感心してた。これ全部、魔法の何かに使うのか？」

ロテールは、落ち着き払った顔で頷く。

「そうだ。護符やまじないの材料になるものもあれば、薬の材料になるものもある」

「へえ……」

苦し紛れに捻り出した話題ではあったが、確かに、どっしりした木製の棚には、本当に様々な形状の容器が並んでいて興味を惹かれる。

蓋付きの透明なガラス瓶の中には、乾燥させた植物や鉱物、そして干涸らびたトカゲや昆虫のようなものまで見て取れた。

濃い色のガラス瓶には、きっと日光に当てるとよくないものが入っているのだろうし、素焼きの壺の中には、ある程度中の空気を入れ替える必要があるものが入れてあるのだろう。

「すげえな。見たことがないようなもんがいっぱいある。……うん？」

そんな中、目の高さにある段に、他の容器とはまったく違う、ガラス製の箱があるのにホルガーは気付いた。中には、手のひらに楽々収まる大きさの、巻き貝のようなものが入っている。

「あれ、これ何だ？　貝殻……じゃねえな、獣の角か？」

ホルガーは、中身をもっとよく観察しようと、ガラスの箱に手を何気なく伸ばした。しかし次の瞬間、鋭い声が鞭《むち》のように彼の鼓膜を打った。

「それに気安く触るな！」

「ひッ⁉」

それが、初めて聞いたロテールの怒鳴り声だと気づき、ホルガーは文字通りたまげて身体ごと振り返った。そして、もう一度驚く羽目になる。

酷く激した表情で立ち上がっていたロテールが、突然くなくなと床に頽《くずお》れたのである。

「お、おいっ⁉」

そのまま倒れ伏そうとするのを、ホルガーはすぐに駆け寄り、危ういタイミングで抱き留めた。細いとはいえ長身のロテールなので、立ったままでは支えきれず、自分も床に尻をついてしまう。

「すまん、何か危ないものだったか？　それとも、滅茶苦茶《めちゃくちゃ》貴重なお宝とかか？　そうは見えなかったが。つか、あんた……」

いきなり感情を爆発させたロテールに狼狽しつつも、ホルガーはふと、自分にグッタリともたれかかるロテールの身体が妙に熱いのに気付いた。今の今まで普通に喋っていたのだから、急病というわけではないだろう。となると……。

「もしかしなくても、あんた、滅茶苦茶酔ってるな……？」

信じられない思いで、ホルガーは唯一の可能性を口にした。顔色も姿勢も平常どおりだし、ほんの少し舌の滑りがよくなる程度の変化だったので、ホルガーはてっきりロテールは酒に強いのだと思っていた。

しかし、アルコールはゆっくりと彼の身体に染み渡り、彼はおそらく自分でもそうとわからないうちに、相当酔っていたのだろう。そしてさっき、急に立ち上がったせいで、一気に血の気が引いたに違いない。

「大丈夫か？　水でも……」

ホルガーは、どこかにロテールをもたれさせ、水を汲みにいこうと考えた。しかしロテールは、まるでしっかりした椅子に身を投げるように、ホルガーの厚い胸に上半身を預けたままでぽつりと言った。

「あれは、有角人の角だ」

予想もしなかった答えに、ホルガーは座り込んだ拍子にずれた眼鏡を押し上げることすらできないまま、目を見張った。

「有角人!?　角が生えた人間ってこと……か？」

「そうだ。前頭部に、小さな角が生えた人間だ」

「それぁ、おとぎ話に出てくる、想像上の生き物じゃねえのか？」

「実在する。数は少ないが、人間に紛れて生きている。……巧みに角を隠しているから、皆、彼らが有角人と気づかぬだけだ。実際、角以外は、何一つ我々と違わない」

童話の中の生き物が実在すると知らされ、ホルガーは驚きの表情でもっと詳しい話をロテールにせがんだ。

「なるほど。帽子を工夫すりゃ、それなりに隠せるくらいの大きさだな。けど、何でそんなもんを、あんたが持ってるんだ？　あと、さっき初めて怒鳴られたけど、あんな大声出すほど大事なもんなのか？」

「……あれは十歳の初夏のことだ。わたしは師匠の命令で、村外れの森へひとりでハーブを摘みに出掛けた。だが、幼い子供に森はあまりに深く、わたしはすっかり道に迷ってしまった」

いささか気分が悪いのか、ロテールはホルガーのシャツの胸に僅かに紅潮した頬を押し当てたまま、目を閉じて話を続ける。

「焦って彷徨うものの徐々に日は暮れていき、灯りを持たずに家を出たわたしは、途方に暮れていた。夜がくれば、森は真っ暗だ。一歩も動けなくなるだろうし、狼や野犬も多いと聞いている。生きて朝を迎え、森を出ることは出来まいと諦めかけたときに見つけたのが、森の中にひとり住む、有角人の男の小屋だった」

ホルガーは床に投げ出した両脚の間にロテールを抱え込む体勢のまま、奇妙な思い出話に耳を傾けた。

「その男が、この角の持ち主だったたってわけか？」

「そうだ。彼は、有角人であることを隠さず生きていた。だから村の一員にはなれず、森の奥にひとりで暮らし、家具を作って生計を立てていた。有角人の手先の器用さは有名だったし、実際、彼の作る家具は細工が美しく、注文が後を絶たないようだった」

「へえ。少なくとも、この町には有角人はいねえな。けど、そんなに綺麗な家具なら、俺も見てみたいもんだ。……で？　そいつは、森で迷ったあんたを助けてくれたのか？」

ロテールは、いつもは真っ直ぐに引き結んでいる唇を、ほんの僅か緩め、頷いた。

「ああ。魔法使いの弟子だと打ち明けたが、彼は少しも気にせずわたしを小屋に招き入れ、温かな食事と寝床を与えてくれた。どうせ自分も『獣人』と蔑《さげす》まれる身、魔法使いが何だと、彼は笑っていた……」

ぽつりぽつりとロテールが語るところによると、その有角人はかなりの高齢で、髪は真っ白になっており、足が不自由で杖をついて歩いていたという。

ロテールは翌朝、彼に道を教わって無事に帰宅を果たしたが、それからも森へ行くたび、男の小屋を訪ねた。

男が黙々と木材を切り、削り、模様を刻み、磨いて作る家具の美しさ、その作業の細かさに魅入られたこともあるが、彼が自分を魔法使いの身内という色眼鏡で見ることをせず、ただの子供として扱ってくれることが何より嬉しかったのだ。

「わしの作業など見て、何が面白いやら」

ロテールが訪ねるたび、無口な彼は渋い顔でそう言ったが、決して疎んじている風ではなかった。その証拠に、男はいつも干したカモミールのお茶と、森の木の実をじっくり炒《い》ったものを用意してくれていたし、仕事をさぼって師匠に叱られないようにと、薬草がたくさん採れる場所を教えてくれた。

ロテールも、師匠から教わったまだ数少ない知識を駆使して、脚の痛みに効く薬をこっそり調合し、手土産に持参したりした。

寡黙《かもく》な有角人の老人と、大人びた魔法使いの弟子は、言葉ではなく、ただ互いに同じ場所にいることで、不器用な友情をはぐくんでいった。

「だが……知り合って一年ほどしたある日、わたしは言ってはならないことを言い、してはならないことをしてしまった」

ホルガーに上半身をもたせかけたまま、ロテールは独り言のように呟いた。その目は、迷子になった十歳のときの彼がそうだったように、ただ虚空を頼りなく彷徨っている。ホルガーは、ただひたすら椅子の役目を果たしながら、短く相づちを打った。

「何をやらかしたんだ、あんた」

それは、思い出すのもつらいことなのだろう。ロテールは唇を噛んでしばらく黙り込み、けれど意を決したように掠れ声を絞り出した。

「悪気はなかった。……ただ彼を訪れる前夜、師匠から借りた古い書物に、有角人に関する記述があったんだ。新しい知識を得た喜びで、わたしは浮かれていたのだろう。つい、その知識を彼に披露してしまった」

「それは、どんなことだったんだ？」

ホルガーは、至近距離にあるロテールの顔を覗き込んで訊ねる。だがロテールは、遠くを見たまま、ようやく聞き取れるような声で答えた。

「書物にはこうあった。『魔術における貴重な素材となる有角人の角は、入手が困難なことで知られている。何故ならその角は、所有者が生前、譲渡に合意した者だけが、頭蓋骨から取り外すことができるからだ。無理矢理外そうとすれば、それは砂と化してしまう』と……。それは本当なのかと、有角人である彼に問わずにはいられなかったんだ」

「おいおい、そりゃ……」

ホルガーに最後まで言わせず、ロテールは小さく頷き、話を続けた。

「造りかけの椅子に丹念にやすりを掛けていた彼は、ふと手を止めてわたしの顔を覗き込んだ。そして皺深い顔に笑みをたたえ、『お前も魔法使いの弟子なら、さぞほしかろうな、わしの角が』……と、そう言った」

ホルガーはゴクリと生唾を飲んだ。

「何て答えたんだ、あんた」

「何も」

「何も!?」

ロテールは力なく項垂《うなだ》れた。肉付きの薄い手が、おそらくは無意識に、ホルガーのシャツの胸元をギュッと握り締める。

「そんなつもりはない、わたしはただ、あなたと話すのが楽しいし、あなたの仕事ぶりを見るのが好きで来ていただけだ……そう言うべきだった。実際、心からそう思ってもいた。それなのに、本を読んでいたとき、師匠がふと口にした言葉が頭を過ぎったんだ」

「それは……?」

「師匠自身は、有角人の角を持っていなかった。あれほど博識で、様々な稀少《きしよう》素材を所有していた人物ですらだ。『有角人の角を手に入れられた幸運な魔法使いは、それだけで一目置かれる。わしも死ぬまでには手に入れたいものだ』……そんな師匠の言葉を、わたしはうっかり思い出してしまった」

「…………」

「もし、師匠を差し置いて、このわたしが彼の角を手に入れられたなら……そんな浅ましい考えが胸に満ち満ちて、喉に石が詰まったようになり、声が出なかった」

ロテールの声は、微妙に上擦《うわず》り、震えていた。シャツを摑《つか》む手にも異様な力がこもり、指先が引き攣《つ》れるような奇妙な動きをしている。

ホルガーは思わず、自分の大きな手を、ロテールの手に重ねた。大丈夫だと言葉で言う代わりに、温かな手で、ロテールの節が目立つ指を包み込む。

「口ごもるわたしに、『よいよい、それならばくれてやろう。わしの角はお前のものだ。わしが死んだら、必ずお前が取りに来い』と、彼は鷹揚に笑ってそう言った。わたしは、それでもまだ黙っていた」

「ロテール……」

「そんなものは要らない、そんなつもりでここに来ているのではないと、はっきり言うべきだった。わかっていたのに、どうしても言えなかった。愚かで強欲だったゆえに、くれるというものを要らぬとは言えなかったのだ」

「それで……その有角人とはどうなったんだ？」

ロテールはかぶりを振った。

「それきり、わたしは彼の家に行かなかった。わたしはきっと、彼を傷つけた。そう思うと申し訳なくて、とても合わせる顔はなかったのだ。……そして二ヶ月が経ち、わたしは村役場に呼ばれ、彼の死を告げられた」

「死んだのか⁉　何でまた」

「彼に家具の修理を依頼していた村人が、工房を訪ね、彼の亡骸《なきがら》を見つけた。作業中、心臓発作でも起こしたのだろうということだった。机の上には、彼の死後、角は丘の上の魔法使いの弟子に与える、そう殴り書きした遺書があったそうだ。遺書の上には埃《ほこり》が積もっていたというから、わたしと約束したその日にでも書いたのだろう」

「それで……あんたは、あの角を？」

「そうだ。わたしがこの手で、彼の遺骸《いがい》から抜き取った。それ以来、角はずっとわたしと共にある。……わたしが、自分の浅ましさ、愚かさ、醜さを忘れないように。彼はきっと、そのために角をわたしに遺《のこ》したのだから。あの角は、わたしが生涯背負っていくべき罪そのものなのだ」

ロテールは沈痛な面持ちで辛い告白を終え、細く息を吐いた。そのまま絶息するのではないかと思うほど、焦燥しきった面持ちだった。

話を止めると、室内には沈黙が落ちた。服越しに、互いの鼓動が伝わる。ロテールの心臓は、ホルガーのそれよりずっと速く脈打っていた。苦悶《くもん》の表情よりもなお雄弁に、ロテールの身体は、心の傷の深さをホルガーに伝える。

しかしホルガーは、ロテールの手をギュッと握ったまま、厳しい口調で言った。

「よせよ」

「何を……？」

ロテールの黒い目が、ようやくホルガーの顔に焦点を結ぶ。ホルガーは、ロテールのまだ迷子のままの顔を見据え、強い口調で言葉を継いだ。

「あの角が罪だなんて、そんな風に考えるのはよせって言ってんだ」

「何故」

「あんたがそういうふうに思う限り、あんたの大事に思ってるその有角人の友達が、酷い野郎になっちまうからに決まってんだろ」

ホルガーの指摘に、ロテールは息を呑んだ。ホルガーは少し声を和らげ、訥訥《とつとつ》とした口調でロテールを諭した。

「あんた、その人が好きだったんだろ？　その人だってきっと、あんたが来ることを嬉しく思ってた。だからこそ、あんたが欲しがろうと欲しがるまいと、角はあんたに遺すつもりだったんじゃないのか？」

ロテールは、駄々っ子のようにギュッと目をつぶり、首を横に振った。

「もしそうだったとしても、わたしは彼を傷つけたのに、詫びることすらしなかった。わたしは……彼と過ごす時間が好きだった。彼の人となりも、仕事ぶりも、あの心地よい小屋も雰囲気も、すべてが好きだった。なのに、それを伝えられないまま……」

「伝わってた。きっとわかってたさ、その人は」

「わかって……いた？　何も言っていないのにか？」

「言葉にしなくても、伝わるものはたくさんある」

きっぱりと言い切ったホルガーは、手だけでなく、ロテールの全身が小刻みに震え始めたのに気づき、思わず両腕で細い身体を抱き締めた。

ただひとりの心許せる友人を失い、形見の角を手にしてからずっと、ロテールは自分を責め、苦しんできたのだろう。

だからこそ、今の彼は、誰にも親愛の情を示すことができず、人としての楽しみを味わうことすら、みずから禁じてきたに違いない。

そんなロテールの気持ちが胸に痛くて、ホルガーは泣きそうな気持ちで両腕に力を込めた。抗いもせず、放心したように抱かれているロテールに……その心の中にいる幼い彼に

伝わるようにと祈りながら、ホルガーは囁《ささや》いた。

「ガキってのは誰だって、欲張りで、我が儘で、正直だ。あんたが友達を好きだと思う気持ちと、角をほしがる気持ち。ちっこい心ん中に、そういう二つの気持ちが一緒にあったって、ちっともおかしかぁない。普通のことだ。俺がもしその有角人なら、あんたが角を欲しがってくれて、むしろ嬉しかったと思うぜ」

「何故……そんなふうに思う」

「自分が死んだあとも、まだまだ長い人生を生きていかなきゃならない年下の友達に、自分の角っていうでっかい財産を遺してやれる。しかも、形見として、ずっと大事にしてくれるわけだろ。俺なら、そう思っただけで最高の気分になれる」

「そう……なんだろうか」

「誰だって、好きな奴のためなら、何だってしてやりたいもんだろうが」

「その感情は、わたしにはわからない」

ホルガーの厚い胸板に顔を押しつけているせいで、ロテールの声は酷くくぐもっているし、表情も見えない。だが、声の調子から、彼が途方に暮れていることは明白だった。

酒の力を借りて、ロテールは初めて、むき出しの心を……そこに刻まれた深い傷を、ホルガーに見せているのだ。きっとそれは、有角人の友人を失って以来、一度もなかったことなのだろうとホルガーは考えた。

（こんな重たい話を聞かされてるってのに……喜んでるのか、俺は）

奇妙な成り行きで、毎晩一緒に食事をするだけの仲だ、パン屋と客の関係に過ぎないと思っていたが、いつの間にか、ホルガーにとってロテールは、もっと気にかかる存在になっていたらしい。

（そっか……。俺は、こいつが心を開いてくれたことが、嬉しいんだな）

そんな静かな喜びを噛みしめながら、ホルガーは幼い子供にするように、片手でロテールの頭を撫でた。真っ直ぐな黒髪は、絹糸のようにしなやかな手触りだった。

「いつか、そういう気持ちがあんたにもわかるといいな。……なあ、おい。それはそうと、大丈夫か？　マジで水とか飲んだほうが……っ」

そう言ってロテールの身体を離そうとしたホルガーの喉が、驚きに小さく鳴った。ロテールの腕が、おずおずとホルガーの背中に回されたからだ。

「おい……ロテール？」

「抱擁《ほうよう》など……物心ついてから、するのもされるのも初めてだ」

いかにもおっかなびっくり……というか、どこに手を置き、どの程度力を込めればいいのか模索するような調子でジワジワと広い背中を探りながら、ロテールはぽつりと言った。

面食らったホルガーは、とりあえず必死で背中のむず痒《がゆ》さに耐えた。ここでくすぐったがったりすれば、ロテールは一生、抱擁に再挑戦することはないだろうという予感がしたからだ。

「初めてって……」

「無論、幼き頃に実の親に抱かれたことはあるのやもしれぬが、記憶には残っていない。養子に迎えられてよりは、わたしを抱く者など誰もいなかった。当然、抱きつく相手もいなかった」

なるほど、これが抱擁か……とロテールはしみじみと呟く。

「うん……まあ、そうだな。俺はそんなお上品な言葉は死んでも使わんが、こりゃ確かに抱擁、だな」

何と返していいものかわからず、ホルガーは曖昧に応じる。

「うむ。……やはり……何でも経験してみるものだ……」

やけに感慨深そうな口調でそう言ったきり、ロテールは沈黙する。それ以上何を言えばいいのかわからなかったので、ホルガーも口をへの字にしたまま、中途半端に膝を曲げた姿勢で、ロテールの身体の重みと体温を感じ続けていた。

やがて、何とも頼りなくホルガーの背中に回されていたロテールの両手が、するりと滑り落ちた。

「……お……っ？」

気付けば、胸元からは静かな寝息が聞こえている。ホルガーに身体を投げ出したまま、ロテールはいつしか眠り込んでしまっていた。

「……ったく。突然喋り出したと思ったら、これだ。まさか、こいつが酔い潰れるとはな」

苦笑いしながら、ホルガーはロテールを起こさないよう細心の注意を払い、痩せた身体を抱いて立ち上がった。

「短い付き合いだってのに、あんたをベッドに運ぶのは、これで二度目だぞ」

勝手知ったる人の家と言わんばかりに寝室の扉を足で開け、ホルガーはベッドにロテールを横たえた。

前回と同じように必要最低限の寝支度をして、バサリと毛布を掛けてやる。

眠るロテールの顔は、未だかつてなく安らかに見えた。ずっと許されざる罪として抱え込んできた痛みを打ち明けて、少しは心が楽になったのかもしれない。

「お互い、悪くはない夜だったな。……おやすみ」

ぐっすり眠り込んだロテールをベッドに残し、ホルガーは足音を忍ばせて工房に戻った。

そして当初の約束どおり、酒盛りの後始末を静かに始めたのだった。

翌朝ホルガーは、すぐ近くから聞こえる呻き声で目を覚ました。

「な……んだ？　あいたたた」

最初に感じたのは、首と背中の痺《しび》れるような痛みだった。ついでに言えば、尻も痛い。油の切れた蝶番《ちょうつがい》のような首や手足をそろそろと動かしながら、ホルガーは、自分が椅子に掛けた状態で眠り込んでしまったことを思い出した。

（ああ、そうだった。結局あれから、しばらく様子を見てから帰るかと思って……うっかりそのまま、か）

ベッドの頭側にある小さな窓からは、朝の光が柔らかく差し込んでいる。

そして……呻き声の発生源は、枕に頭を深々と埋めたまま、両手で顔を覆っていた。

「おい、大丈夫か？」

自分も曲げっぱなしだった腰の鈍い痛みに呻きながら、ホルガーは慎重に立ち上がった。ベッドに歩み寄り、顔を覆うロテールの手を片方だけ、手首を摑んでシーツに落とす。

「うわ、ひでえ顔色だな。いや、いつも大概酷いが、今朝は泥沼みたいだぞ、あんた」

長い黒髪が乱れ掛かっているせいもあるのだろうが、ロテールの顔はゲッソリとやつれて見えたし、日頃から青白い顔色が、今日は絵に描いたような土気色だ。

さすがに心配して見下ろすホルガーを薄目で見返し、ロテールは瀕死《ひんし》の老人のごとき嗄れ声で訴えた。

「……うう……あたまが……い、たい。内臓……すべてが……不快だ……。いったい、わたしはどんな重病に……」

息絶え絶えの声に、ホルガーはこみ上げる笑いを噛み殺しながら「ばーか」と言った。

「病気じゃねえよ、ただの二日酔いだ」

「ふつか……よい？　まさか。これがあの、噂に聞いた二日酔いなのか……？」

「悪かったな。酒、強そうだったから、てっきり飲めるもんだと思って、勧めすぎた」

「わたしは……そんなに飲んだのか？」

「二人で水差し一つ分だから、そこそこだな。普段は、あまり飲まないのか？」

ロテールは小さく頷いた。

「わざわざ金を払って、理性を曇らせるようなものを飲む趣味はない。昨夜は、お前が勧めるので、つきあいのつもりで口にした。……人生初の酒だった」

「ホントかよ。信じられねえな。……だったら、そう言ってくれりゃよかったんだ。水割りにでもして、様子を見ながら飲ませたものを。まあ、後悔先に立たずだな。ちょっと待ってろ」

苦笑いで寝室を出て行ったホルガーは、マグカップを手に戻ってきた。

「ほら、まずは水を飲め。二日酔いは、たっぷり水を飲んで、寝てりゃ治る。病気じゃないからな」

ロテールの痩せた背中に手を添えて起き上がらせ、その手にマグカップを持たせる。どうにか水を飲み干したロテールは、マグをホルガーに返して泣き言を言った。

「……口から胃が出そうだ」

「ははは、苦しかったら、吐いちまえ。楽になるぞ」

「断る。そんな無様なことをするくらいなら……死んだほうがマシだ」

本当に死にそうな顔でそんな強がりを口にして、ロテールは再びベッドに身を横たえた。吐き気をこらえるようにきつく目を閉じる。

そんなロテールの額に、ホルガーは冷たい水に浸して絞ったタオルを載せた。

「気休めだけどな。ちったぁ気持ちいいだろう」

「……悪くはない」

薄く目を開けたロテールは、ふと気づいたようにホルガーを見た。

「店はいいのか」

「今日は休みだって言ったろ。心配すんな。あんたも今日は臨時休業だな」

「やむを得ない」

ロテールは、溜め息と一緒に言葉を吐き出す。どうやら、相当につらいらしい。眉間には、ビスケットが挟めそうな縦皺が刻まれている。

険しい顔のまま、ロテールはやや躊躇いがちにホルガーに問いかけた。

「もしや、わたしは何か……余計なことを喋ったか？　昨夜、お前と何を話したか、あまり覚えていないんだ」

ホルガーは少し考えてから、「いんや」とはっきり否定した。

「本当か？」

「ああ」

ホルガーは、やはりきっぱりと請け合った。嘘ではない、と声に出さずに付け足す。

ロテールにとっては「余計なこと」かもしれないが、昨夜、彼が打ち明けてくれたことはすべて、ホルガーにとっては大事な……ロテールを理解する大きな助けとなる話ばかりだった。

ただし、一部の内容に関しては、今は聞かなかったことにしておくのが、お互いのためだとも思いもした。何しろ、あの自慰のくだりをちらっと思い出しただけで、ズボンの中のものが若干の反応を示したことがわかったからだ。

「途中で、酔い潰れて寝ちまったしな。心配せずに、大人しく寝てろ。ちっと家に帰って、二日酔いに効く飲み物を作ってきてやる。せめてもの罪滅ぼしだ」

昨夜は酔いのせいだと思っていたが、あれ以来、ホルガーの身体の中では、何か奇妙なスイッチが入ったままになっているらしい。とにかく股間《こかん》がこれ以上物騒なことにならないうちにと、ホルガーはそそくさと工房を出て行った。

ひとり残されたロテールは、ベッドの中で苦しげに息を吐いた。

「何を話したかは覚えていないが……あの腕は……あの胸は、覚えている」

そう呟いたロテールの両腕が、ゆるゆると自分の痩せた身体を抱く。

「自分で自分を抱いても何ともないのに……他人に抱擁されると、ああも温かく、安らぐものなのだろうか……。それとも、あれはホルガーだったから……なのか……？」

そのことについてもっと考察したくても、二日酔いの不快感が許してくれないのだろう。ロテールは腕を解き、身体から力を抜いた。

そして、ホルガーが戻ってくるまで目を閉じて待つだけだと自分に言い聞かせながら、抗えない眠りへと再び落ちていった……。

四章　目を離した隙に

「ホルガー、今日の夕食は不要だ。おそらくは明日も……数日の間は」

　初めて午前中にホルガーの店を訪れたロテールが開口一番そう言ったのは、くだんの酒盛りから二ヶ月ほど経った秋の日のことだった。

　カウンターの中にいたホルガーは、いつもと違う、やけに緊迫した面持ちのロテールに驚いて訊ねた。

「どうした、こんな時刻に来るなんて。朝は寝てるんじゃなかったのか、あんた」

「寝ていたら起こされた」

「誰に？　どっかで急病人でも出たのか？」

「いや。……これにだ」

　ロテールが軽く持ち上げてみせたのは、長い杖だった。おそらくは藤か葡萄の木で出来た、枝の捩れや木肌の模様をそのまま生かした代物だ。長年使い込まれているのか、握り手の部分は濃い褐色の艶を帯びていた。

工房で壁に立てかけてあるのを見たことがあるが、ホルガーの店に持参したのは初めてである。

「杖？　それが、どうかしたのか？」

首を捻るホルガーに、ロテールは簡潔に説明した。

「これは独立するとき、師匠のアレッサンドロに譲り受けたものだ。師匠が若い頃に使っていた杖で……これが、わたしに異状を告げている」

「異状？　あんたの師匠に何かあったってことか？」

師匠と聞いた瞬間、あの夜の記憶が甦《よみがえ》り、ホルガーの頭にカッと血が上った。

少年時代のロテールを裸にし、その肌に触れたり、幾度も目の前で自慰をすることを強いた男だと思うと、胸に憤りとも嫌悪ともつかない感情が湧き上がるのを抑えることができなくなる。

だが、そんな話をホルガーにしたことを覚えていないらしきロテールは、ホルガーの奇妙な反応を見咎め、綺麗な眉をひそめた。

「……いや。話していなかったと思うが、アレッサンドロは少し前に死んだ」

ホルガーは、驚いて思わずカウンターに片手を置いた。知らぬこととはいえ、死者を悪く思った自分を恥じ、唇を噛む。

「そ……そりゃ済まん」

「何がだ？」

「ああいや、とにかく、その死んだ師匠の杖が、何だって？」

「どうやら、わたしが育ったセトの村で、何か大きな事件が起ころうとしている……あるいは、もう起こったのかもしれない。杖が軋むように鳴る音で目覚めた。それがどのようなことにせよ、弟弟子のカレルだけではいささか心許《もと》ない。あれはまだ独立したばかりだ。疾《と》く、事情を把握しに赴《おもむ》かねばならぬ」

「そっか……。けど、あんたの元いた村は遠いんだろう？　今から行ったんじゃ、とても間に合わないんじゃないのか？」

するとロテールは、杖の先端で、ごく軽く床に線を引く仕草をしてみせた。

「工房から、魔法で飛ぶ」

「飛ぶ⁉　空をか？」

「いや。説明するのが難しいが、魔法で空間を縫い縮め、目的地への距離を詰める……お前にわかるように簡潔に言うと、そういう感じだ」

「う……う、うん？　わからんが、まあそういうこと……なのか？」

あまりにも奇想天外な説明に、ホルガーは不味いものでも食べたような顔になる。

「ああ。とにかく、急ぎ村へ行く。ではな」

もう一秒たりともここで時間を無駄にすることはできないと言わんばかりに、ロテールは切り口上で言った。ホルガーの返事を待たずに踵を返し、店の外へ出て行ってしまう。

「ロテール！」

それでも、思わず店の外に飛び出して呼び止めたホルガーに、ロテールは煩わしそうな顔で足を止め、振り返った。

「まだ何か？」

「あ……いや」

あまり深く考えることなしに呼び止めてしまった自分に戸惑うホルガーは、汚れてもいない手を前掛けでゴシゴシ拭きながら言った。

「その……、何だ。俺に手伝えることがあったら、遠慮せずに言えよ？」

ロテールはそれを聞いて、鳥を思わせる角度で首を傾げた。

「手伝えること？」

「まあ、パン屋に手伝えることなんかないだろうが。とにかく、気をつけて行ってこい」

「わかった。帰る日が決まり次第、使役を連絡に寄越す」

そう言うと、ロテールは今度こそ一度も振り返らず、曲がり角の向こうに消えた。

「そっか。師匠って奴ぁ、もう死んでたのか。ってことは、村に戻っても、あいつに酷いことをする奴はいないんだな。……はあ、とりあえず、そこんとこはよかった」

安堵の息を吐いたものの、人の死にホッとしている自分が酷く醜く思えて、ホルガーは苦虫を噛み潰したような顔になった。忌ま忌ましさにかられ、ごつい革靴で石畳を蹴りつける。

「ま、俺には、関係ねえ話だ。……あーあ、あいつの分の夕飯が要らないんなら、今夜はチーズとパンだけでいいか」

どうにも投げやりな、つまらない気分を味わいながら、ホルガーは大きな背中を幾分丸め、店に戻った。


予告された「使役のお知らせ」が来たのは、それから十日後だった。

一日の仕事を終えたホルガーが、今日も帰ってこなかったロテールについてベッドの中で思いを巡らせていたまさにそのとき、闇の中からヒラヒラと一枚の小さな紙片が落ちてきたのである。

「な……なんだ？」

胸元にパサリと落ちたそれを拾い上げたホルガーは、いったんは消した枕元のランプを点けた。サイドテーブルに置いていた眼鏡を掛け、紙片を灯りに透かす。

紙片には、ところどころインクが滲《にじ》み、酷く乱れた筆跡で、こう書いてあった。

『傷を負って動けない。迎えに来てくれ。　ロテール』

短いメッセージを読み取った瞬間、ホルガーはガバッと起き上がっていた。両手で紙片を持ち、顔を近づけて何度も文面を確認する。

「おい。何だよ、これ。ちょっと待て、これを持って来たのは、使役とかいう奴か？　俺に、セトの村まで来いってのかよ、あいつは！　おい使役、何とか言え！　これじゃ説明不足にも程があんだろうが！」

思わず、この紙片を届けてきたとおぼしき目に見えない使役に向かって、彼は上擦った声を上げた。しかし、カサリとも音はしない。おそらく使役は、主のメッセージをホルガーに届ける以外のことを命じられていないのだろう。

「もう、どっか行っちまったってか。くそっ、役立たずめ」

そそくさと去ってしまったらしき使役に悪態をつき、ホルガーは紙片を睨《にら》みつけた。

迎えに来いということは、彼が十日前に出掛けていったセトの村で、何か本当に深刻な事態が起こっていて、それを解決する過程で、ロテールは負傷したのだろう。

何があっても泰然《たいぜん》としているあの男が「動けない」と言ってくるくらいだから、よほどの重傷に違いない。

「畜生、もっと詳しく知らせろよ。無駄に気を揉ませやがって」

大きな手の中で紙片をぐしゃりと握り潰し、ホルガーは盛大に舌打ちした。

以前ロテールから、彼が育ったセトの村は、山を三つ越えた場所にあると聞いたことがある。彼のように魔法で飛ぶことができないホルガーには、どう考えても何日もかかる道行きだ。

店のことを考えれば、「無理だ」の一言で片付け、さっさと寝直すのが順当なのだが、見て見ぬふりなどとてもできないのがホルガーという男である。だいたい睡魔など、ロテールからのメッセージを受け取った瞬間、綺麗さっぱり霧散してしまった。

「ええい、せめて村までの地図くらい寄越せってんだ、馬鹿野郎め」

そんな罵倒を口にしながら、彼はベッドを出て台所へ向かった。そして、出来るだけ大きな紙を探し出すと、金釘流としか言い様のないゴリゴリした字体で、「しばらく休業」のお知らせを書き始めたのだった……。

山を三つ越える、と口で言うのは容易い。

しかし実際にそれを実行するとなると、並大抵のことではない。しかも、ホルガーの場合は、自分のペースで歩くというわけにはいかないのだ。ロテールの怪我の程度がわからない以上、極力急がざるを得ない。

結局、日の出から日の入りまで休まず歩き続け、何も見えなくなったらその場で野宿という過酷な行程をまる四日続け、五日目の午後、彼はようやく山間の小さな村、セトにたどり着いた。

ホルガーの生まれ育った町の十分の一にも満たない広さのささやかな山村は、まるで幼い頃に読んだ絵本の舞台のようにのどかで、緑豊かな美しい場所だった。

忙しい町の暮らしに慣れ親しんだホルガーには、行き交う村人たちの一時代前の服装やゆったりした動きを目にするだけで、まるで別世界に迷い込んだような気分になってしまう。広場に人間だけでなく鶏《にわとり》までウロウロしているのも、実に新鮮である。

だが、村の生活をじっくり観察している場合ではない。通り掛かった村人に「魔法使いの工房はどこか」と訊ねると、すぐに村外れの小高い丘の上だと教えてくれた。

「やっと村にたどり着いたと思ったら、まだ登るのかよ」

思わずそんな泣き言を言いつつも、ホルガーは額の汗を薄汚れたシャツの袖で拭《ぬぐ》いつつ、緩やかな坂道を歩き続けた。村を一望できる高台にごく小さな泉があり、その前に古びた石造りの家があった。低い煙突からは、細く煙がたなびいている。

「ここか」

表札はなかったが、丘を登ってくる道すがら一軒の家もなかったのだから、ここが魔法使いの工房とみて間違いはないだろう。ホルガーは呼吸を整える時間すら惜しんで、小屋へと足を向けた。

古びた木の扉をノックすると、出てきたのはやたらに長身の男だった。ホルガーもかなり大柄なほうだが、その男はさらに背が高い。おそらく少し身を屈めないと、間口を通り抜けられないだろう。緩く波打つ長い灰色の髪を垂らしたままにして、ゆったりした長衣をまとった、実に風変わりな容貌だ。年齢はホルガーより多少年上に見え、やけに優雅な雰囲気がある。

「こんにちは、ございます」

「な……？」

おっとりとした笑顔と低くて豊かな声で奇妙な挨拶をされ、ホルガーは面食らって半歩後ずさった。

（こいつがロテールの弟弟子なのか？　子供らしい子供、なんて聞いてたが、ロテールと別れてからぐんと育ったってことか。でかいし、むしろ老けてるぞ）

戸惑いながらも、ホルガーは、男の整ってはいるがどこか間の抜けた顔を見て訊ねた。

「ええと、魔法使いカレルの工房ってなあ、ここでいいのか？」

「はい。マスターにご用ですか。どうぞ」

男は一歩脇にどき、片腕でホルガーを小屋の中に招き入れる。

「マスター？　あんたがカレルじゃないのか？」

「わたしはスヴェイン。弟子です。マスターは奥にいます。お入りください、ございます」

言葉のアクセントも少し変わっているし、何より語尾が時折奇妙だ。どうやらこの弟子だという男は、異国人らしい。

「ああ……じゃあ、邪魔する」

物腰は柔らかなのに、何故か不思議な威圧感のある男……スヴェインにやや戸惑いながらも、ホルガーは中に入った。

ロテールの家は、入るなり薄暗い工房で、いかにも魔法使いの居場所という感じだが、この家はそうではないらしい。踏み込んだのは、明らかに生活スペースだった。暖炉の傍には、大きな白木のテーブルがあり、無骨な木製の椅子が並べてある。その向こうに台所の一部が見えているので、おそらく食事をそこで摂るのだろう。

大きな暖炉の前には古びた揺り椅子まで置かれ、素朴だが心安らぐ空間である。

（工房は……別にあるのか）

室内をキョロキョロと見回すホルガーをよそに、スヴェインは「マスターを呼んできます。ここでお待ちを」と言い残し、奥へ入っていった。

一分も経たないうちに、スヴェインと見事に対照的な、小柄な身体をブカブカの濃い灰色のローブに包んだ少年が姿を現した。

なるほど、これがカレルかと、ホルガーは一目で理解した。

黒い髪に緑色のくりっとした瞳、そして「子供らしい子供」の面影を大いに残した、快活そうな童顔。ローブを着ていなければ、とても魔法使いには見えない。

「いらっしゃい。今日はどんなご用ですか？」

明るい声と笑顔で問われ、ホルガーはまごつきながら挨拶をした。

「あー、すまん。あんたに用事はないんだ。たぶんここに、ロテールって奴が世話になってると思うんだが」

すると少年は、口を「O《オー》」の字に開けて手を打った。

「もしかして、パン屋の人!?　ホルガーさん？」

屈託のない素直な声で呼びかけられ、ホルガーは目を白黒させながら頷く。

「ああ。あんたはカレルだな？　ロテールから、話は聞いてる」

「やっと来てくれた。よかったあ。ロテール、ずっと待ってたんだよ。今は寝てるけど、顔、見るよね。こっち！」

カレルは心底ホッとしたような笑顔でそう言うと、ホルガーの手首を摑んでぐいぐいと引っ張る。ロテールと違って温かな、けれど働き者の証《あかし》である荒れた指の感覚に戸惑いながらも、ホルガーは誘われるままに歩き出した。

「なあ、ロテールの具合はどうなんだ？　傷を負ったとだけしか聞いてねえんだが」

「だいぶ酷い」

カレルは廊下の途中で足を止め、手を離して振り返った。緑色の大きな瞳が、ホルガーをまっすぐ見上げる。ホルガーは思わずカレルに詰め寄った。

「酷い？　命にかかわるような傷なのか⁉」

「しーっ、ロテールが起きちゃうよ。大丈夫、死ぬような怪我じゃない。肋骨が何本か折れたのと、全身に打ち身や傷ができただけだし」

ケロリとした笑顔であっさり語られる容態に、ホルガーは目を剝く。

「だけって、それだけ喰らってりゃ、十分に重傷だろうが。だいたい、何があって、そんなことに……」

「そうだけど、命にかかわるかって訊かれたから。確かに怪我をしたときはもっと深刻だったけど、二週間経って、だいぶよくなったんだ。あと怪我の理由は、ホルガーさんが来たらロテールが自分で話すって言ってた」

「……そうか。とにかく、死にそうじゃないと聞いて安心した」

ホルガーが苦々しい顔でそう言うと、カレルはニコッと笑って言った。

「大丈夫だよ！　俺、魔法はあんまり得意じゃないけど、治療のほうはそこそこやれるから。傷はずいぶん塞《ふさ》がった。だけどロテール、あんまり食べてくれないからさ。その分、治りが遅いんだ」

少し困った顔でそう言いながら、カレルは奥の部屋の扉を開いた。

そこは思ったより広い、ホルガーにも今では「それらしい」とわかる、魔法使いの工房だった。室内には、巨大な鍋やガラス器具が大量に置いてあった。大きな暖炉は、調薬に使われるのだろう。今はほどよく暖を取るため、ごく弱々しく火が燃えているだけだ。

煤《すす》けた部屋はカレルには少し重厚すぎる雰囲気だが、もともとは彼とロテールの師匠であり、老練な魔法使いであるアレッサンドロが使っていた部屋だと思えば納得がいく。

工房には窓がなく、照明は、ベッドサイドの机に置かれた燭台《しょくだい》のみだ。

カレルは、工房の片隅に置かれた大きめのベッドを指さし、ホルガーに耳打ちした。

「そこだよ。気が済むまで顔見たら、居間においでよ。顔や手足を洗えるように、お湯を用意しとくから。お茶とお菓子も」

「わかった。ありがとな」

カレルが居間のほうへ立ち去るのをちらと見送り、ホルガーは工房に足を踏み入れた。

薬草の……特にローズマリーの匂いが、部屋には立ちこめている。おそらく、殺菌作用のあるローズマリーを、治療に多用しているのだろう。

これなら、自分の身体に染みついた埃と汗の臭いが少しは紛れるだろうかと思いつつ、ホルガーは足音を忍ばせてベッドに歩み寄った。

いつにも増してやつれきった顔のロテールが、そこに横たわっている。見下ろしたホルガーの眉間に、深い縦皺が刻まれた。

「綺麗な顔に、傷をつけちまったのか」

生成りの寝間着の前開きからは、おそらく胸部全体に巻かれているのであろう包帯が覗いている。右頬には大きな布を当て、頭の傷と一緒に、これまた包帯でグルグルと巻き上げてあった。痕《あと》が残るような傷かどうかはわからないが、十分に痛々しい。

熱があるのか、ロテールの顔は僅かに赤らんでいた。呼吸も浅く、速い。

(苦しそうだな……)

しばし躊躇った末、ホルガーはできるだけそっとロテールの額に触れてみた。その熱さに、ホルガーは眉を曇らせる。

「……う……ん」

ホルガーの手の感触に反応したのか、はたまた単純に眠りが浅かったのか、ロテールは微かに声を漏《も》らし、薄く目を開いた。

「あっ、わ、悪い。起こしちまったか」

耳慣れた声に反応して、ロテールの熱で潤んだ黒い瞳がゆっくり動き、ぼんやりとホルガーの顔を見上げる。

「……ホルガー……？」

自分で呼んでおきながら不思議そうに名を呼ぶロテールに、ホルガーは枕元の椅子に掛け、近くで顔を見ながら声を掛けた。

「ああ。はるばる来たぜ。なあおい、いったいどうしたってんだ？」

「汚い……顔だ。ヒゲが。それに、臭い」

「なっ……！」

いきなりの暴言に、ホルガーは強烈な顰めっ面になった。怪我人相手に大人げないと思いつつも、ついムキになって言い返す。

「誰のせいだと思ってる！　あんたが気軽に迎えに来いとか言うからだろう！　ずっと歩

きづめだし、五日も風呂に入れなかったし、小汚ぇヒゲ面になるのも臭くなるのも当たり前だ。ったく、口を開くなりそれかよ！」

ロテールは、僅かに目を細めてホルガーの顔をしげしげと見つめ、独り言のように呟いた。

「本当に……来るとはな」

失言をさらに重ねられて、ホルガーは太い眉を跳ね上げる。

「馬鹿野郎！　あんな紙切れを寄越されて、無視できるわけがないだろうが」

「店は……？」

「当分休むって張り紙をしてきた」

「それで大丈夫、なのか」

「知るか。こんなことをしたのは初めてなんだ。とはいえ、それで客がいなくなるようなら、俺の腕もそこまでってことだしな。あんたが気にすることじゃねえ」

投げやりにそう言い、ホルガーは枕元の椅子にどっかと腰を下ろした。尊大に腕組みして、さっきより近い距離からロテールを睨みつける。

「まったく。俺はこの短い期間に、何度ぶっ倒れたあんたの姿を見りゃいいんだ？　これで三度目だぞ。飢え死に寸前、二日酔いと来て、今度は大怪我かよ。いい加減にしてくれ」

そんな小言に、ロテールは何故か酷く困惑した様子だった。

「わたしは、詫びるべきなのか？」

「当たり前だ！　前の二回に関しては百歩譲って俺のお節介だとしても、今回に関してだけは、あんたが一方的に俺を呼びつけたんだからな！」

「確かに。それについては突然ですまなかったと思う。しかし……」

口では謝っておきながら、ロテールの口元には、明らかに「不満です」と書いてある。

ホルガーも、怒りにまかせて不機嫌に詰問した。

「何だよ、その顔は。言いたいことがあるなら言え」

するとロテールは、ボソリと言葉を吐き出した。

「……った」

しかしその声はあまりに小さくて、ホルガーの耳には届かない。もう一度問い質《ただ》すと、ロテールは紛れもない膨れっ面でホルガーを睨み返し、さっきよりは幾分大きな声でこう言い放った。

「手伝えることがあったら何でも言えと言った。他ならぬお前が」

「あ？」

思わぬ反撃に、ホルガーは呆気にとられて絶句する。ロテールは、実に恨めしげにツケツケと言葉を継いだ。

「遠慮するなと言うから助力を請うてみたら……いきなり怪我人であるわたしに小言を言い、居丈高に謝罪を要求するなど、理不尽ではないか」

「ぷっ……」

まだまだ文句を言いたい気持ちでいっぱいだったのに、それを聞くなり、ホルガーは思わず噴き出してしまった。

何しろ、いつもは冷静沈着で無表情なロテールが、まるで子供のように大っぴらにふて腐れているのだ。

「何がおかしい」

なおも腹立たしそうなロテールとは裏腹に、ホルガーは広い肩を震わせながら片手を振った。

「ああ……いや、そうだった。そうだったな。こりゃ、俺が悪かった。……ま、とりあえず死にそうじゃないのがわかって安心したぜ。けど、いったい何だってこんなことに？」

ホルガーが笑いながらも謝ったので、それで一応は溜飲《りゅういん》を下げたのだろう。ロテールはまだ口をへの字に曲げたまま、それでも律儀に説明した。

「遥か昔、偉大な魔法使いが封印したという竜を、村の連中がうっかり目覚めさせてしま

いそうになったのだ。それで、師匠の杖がわたしを呼んだ」

あまりにも奇想天外な話をサラリとされて、ホルガーは大きな口をパクパクさせ、ロテールを指さす。

「い、いや、何だそりゃ。ホントの話か、竜とか。で、あんたがその竜をやっつけたのか？」

するとロテールは、物知らずの子供に対するような呆れ顔で即座に否定した。

「馬鹿な。竜は、人間が斃《たお》せるような存在ではない。もし目覚めれば、かつてみずからを封じた人間への怒りを露《あら》わにし、いとも容易く村どころか国ひとつを焦土と化すだろう」

「……じゃあ、あんたはいったい何を？」

「完全に目覚める前に竜を封印し直そうとして、しくじった。それでこのザマだ」

悔しそうに唇を嚙むロテールに対して、ホルガーはあわあわと周囲を見回す。

「えっ、じゃあ竜は？　あんたがしくじったってことは、目覚めちまったのか？」

「いや。地の大精霊が……お力を貸してくださった。もう会っただろう。スヴェイン様だ。あのお方が、竜を再び長き眠りに誘《いざな》ってくださされたのだ」

「えっ!?」

ホルガーは目を剝き、扉のほうを指さした。

「出迎えてくれたあのズルズルが!?　大精霊!?　いや待てよ、さっきあの男、あんたの弟弟子のそのまた弟子だって言ってたぞ!?」

それを聞いて、ロテールは深い溜め息をついた。

「表向きはな。……事情があって、あのお方は戯れに、カレルの使役となっておられるのだ。ご本人が好きでなさっていることゆえ、わたしがどうこう言うことではないが……」

「マジかよ。すげえな、あんたの弟弟子」

「まったくな。運だけは強いとみえる。大精霊の寵愛《ちょうあい》を得るだけでも稀であるのに、形だけとはいえあのようなお方に傅《かしず》かれるなど……人の身では考えられぬ僥倖《ぎょうこう》だ」

吐息混じりに消え入るような声でそう言い、ロテールは目を閉じた。身体の大部分が毛布の下に隠れているので、怪我の程度を見て確かめることはできないが、少なくとも体力はかなり落ちているようだ。

寝かせてやらなくてはと思いつつも、ロテールの傍から去りがたく、ホルガーは半ば無理矢理話題を捜し、問いを重ねてしまった。

「それで?　さっき聞いたが、飯があんまり食えないんだって?　怪我のせいか?」

何気なくホルガーがそう訊ねると、ロテールは薄目を開け、渋い顔で小さくかぶりを振った。

「いや……。喉を通らない」

「だから、そりゃ具合が悪いからだろ？　内臓《はらわた》を傷めたのか？」

「そうではない」

「じゃあ、何だ？」

「これが……食に固執するという現象なのだろうか」

「こ……こしゅ、う？　頼むから、こんなときくらい平たい言葉を使ってくれ。俺はあんたと違って、賢くないんでな」

ホルガーのいかつい困り顔をぼんやりと見ながら、ロテールは消耗して掠れ始めた声で言った。

「傷を負ってから、ずっと考えていた。口に入れるなら、お前のあの甘いプディングがいいと」

「！」

思いも寄らない言葉に、ホルガーは目を見張る。ロテールは、夢見るようなふわっとした口調で言葉を継いだ。

「生まれて初めて……あれが食べたい、と思った。そうしたら、他の何を出されても、砂を噛んでいるようになった。求めているのはこれではないと、身体が拒むのだ」

少し困惑した様子で、けれど決して本心を偽らず、ロテールは正直に「食べたい」と言った。他人が聞けば何と大袈裟なと思うだろうが、初めて聞いたロテールの食に関する希望に、ホルガーは胸を熱くした。どうやらこの数ヶ月の彼の努力は、ここに来て唐突に実を結んだらしい。

「そういうことなら、待ってろ！　あんたがひと寝入りして起きるまでには何とかする」

そう言うなり、ホルガーはすっくと立ち上がった。大股に工房を出て、居間へと向かう。

「あ、ホルガーさん。お湯用意してあるよ。あと、お茶も」

スヴェインと共にテーブルにつき、一足早くお茶にしていたカレルは、ホルガーもそこに呼ぼうとした。だがホルガーは、不作法な性急さで、少年の言葉を遮った。

「あとで台所を貸してくれ。それと、食材を用意してほしい。大したもんじゃないから」

カレルはキョトンとして、スヴェインと顔を見合わせた。

「別にいいけど、どうしたの？　来たばっかりなんだし、顔洗ってスッキリして、座って休みなよ。ロテールが言ってたけど、山、二つくらい越えてきたんだろ？」

ホルガーはニッと笑って指を三本立ててみせた。

「山三つだ。確かにここに着いたときは疲労困憊《こんぱい》だったんだが、ちーとばかし浮かれちまってな。疲れが吹っ飛んだ」

「浮かれる？　ロテールと何かあったの？」

「まあな。あと、この汚れは桶《おけ》一つ分の湯じゃ埒《らち》があかねえ。小屋の前の泉で水を浴びても構わないんだろ？　見たとこ、水は綺麗だった」

スヴェインはやわらかく微笑んで頷く。

「ええ、とても綺麗な水ですし、水際ならそう深くないので、溺《おぼ》れることもないでしょう。確かに、あなたには水浴びが必要なようだ」

「お……おう」

魔法使いの弟子と思いきや、その正体は大精霊だと聞かされたおかげで、どう対応していいものかわからないまま、ホルガーは曖昧に相づちを打つ。カレルは、笑顔で頷いた。

「わかった。そんじゃ、せめて水から上がった後、すぐに身体を温められるように、タオルを用意して、居間の暖炉に火を入れとく。あと、食材って何が要るんだ？」

「パンと牛乳と卵と、出来たら軽い味の糖蜜。パンは、ちょい古くて固くなった奴がいい」

「そんなのでいいのか？　それならうちにあるよ」

「じゃ、小綺麗になったら、使わせて貰うぜ。あいつにガッツリ食わせなきゃいけないんでな」

一刻も早く料理に取りかかりたくて、ホルガーは喋りながら外へ出て行ってしまう。ほどなく、扉越しに豪快な水音が聞こえ、カレルとスヴェインは再び顔を見合わせた。

「すっげえ勢いで泉に飛び込んだな、あの人」

「正直、そうしてくださって助かりました。よほど道行きを急がれたのでしょうが、あの方が歩くたびに土くれが床に落ちるので、気になって仕方がなかったのです」

「あはは、そりゃ仕方ないよ。それにしても、あいつって、ロテールのことだよな？ ロテール、あの人の作ったもんなら食べるのかな？」

「さあ。ですが、ああも甲斐甲斐《かいがい》しいのでしたら、あなたの兄弟子の世話は彼にお任せしてよさそうですね」

「……だな。何か、すっげー頼もしい」

二人は頷き合い、ホッとした様子で笑みを交わしたのだった。

そんなわけで、ホルガーはそれから五日間、カレル宅でロテールの看病をしながら過ごした。

ロテール自身は、ホルガーが来た当日から「町に帰る」と主張していたが、誰が見ても、まだ動かせる状態ではなかったのである。

ホルガーはカレルに傷の手当てを任せ、自分は料理を担当することにした。

町ほどではないが、セトの村にもひととおりの店が揃っており、種類はごく限られているものの、新鮮な食材が手に入る。パン屋に頼み込んで同業のよしみで酵母を分けて貰い、カレルの家の暖炉でも、焼き板《グリドル》を使って簡単なパンを焼くことができた。

幸い、ホルガーが料理を作るようになって、ロテールは小食なりにきちんと食べ、傷の治癒が劇的に早まった。ベッドの上に自力で身を起こせるし、胸郭の痛みに呻きつつではあるが居間まで歩き、皆と一緒に食事のテーブルに着くこともできるようになった。

ホルガーにとっても、カレルやスヴェインと共に賑やかに食事をするのは楽しいことだった。ただ、カレルは大きな目をキラキラさせて町での暮らしについて聞きたがったが、大精霊のスヴェインのほうは、物腰こそ柔和なものの、言葉の端々やちょっとした行動にあからさまな苛立ちを見せ、ホルガーを怯ませた。

どうやら、使役になるほどカレルに執心しているスヴェインにとっては、ロテールもホルガーも、とんだお邪魔虫であるらしい。ホルガーがカレルにパンの焼き方を教えていたときなど、ずっと背後で二人のやりとりに聞き耳を立てていたほどである。

もとよりロテールは一日も早く町に戻り、工房を再開しなくてはと毎日主張していることもあり、大精霊の棘《とげ》のある視線に耐えかねたホルガーは、ついに町に帰る決意を固めた。

「ロテールが完全に治るまで、いればいいのに」

スヴェインの「早く帰れ」的態度などまったく気にしていないカレルは、残念そうにそう言いながら、二人のために食糧と薬をたっぷり用意した。

スヴェインは、二人が帰ると言った途端にこの上なくご機嫌になり、ホルガーのために木材を集めてきて、大きくて丈夫な背負子《しょいこ》を作ってくれた。まだあまり歩けないロテールをそれに座らせて身体を固定し、ホルガーが背負って歩くという寸法である。

万全の準備をした上で、ホルガーとロテールは翌朝、セトの村を後にした。

「村でどっか名残惜しいとこがあるんなら、寄ってってやるぜ？」

背負子に座らせているので背中合わせになっているロテールに向かって、ホルガーはしっかりした足取りで歩きながら声をかけた。

「いや、特にはない」

顔は見えないが、ロテールの声はいつもと変わらず落ち着き払っている。ホルガーは丘を下りながら、眼下に広がる村の風景を横目に見つつ再び口を開いた。

「よそ者の俺には、おとぎ話みたいに平和で綺麗な村だが、実際住んでたあんたにとっちゃ、それだけじゃねえんだろうな。なあおい、座り心地、悪くねえか？　ベルトもきつ過ぎやしねえか？　特に胸、まだだいぶ痛むんだろ？」

「問題ない」

短く答えたロテールは、一呼吸置いてから少し躊躇いがちに問い返してきた。

「お前は大丈夫なのか」

「あ？」

「いくらお前が頑健で私が痩軀《そうく》でも、成人男性を背負って歩くのは容易いことではあるまい。すまぬ。体重を軽くする魔法もないではないのだが……痛みのせいで、今は精神を集中することがいささか難しいのだ」

大真面目にそんなことを言うロテールに、ホルガーは低く笑った。

「別にどうってこたぁねえよ。さすがに粉袋よりゃ少しばかり重いが、背負子がしっかりしてるから、思ったより堪《こた》えないいんだ」

「粉袋……？」

「週に二度、橋んとこの水車までパン用の小麦を挽いてもらいに行くんだよ。そんとき背負う粉袋より、ちーとだけあんたが重い」

「なるほど」

「それより、あんたこそ痛みが酷くなったり、つらくなったら言えよ？　休憩すっから」

「わかった」

短く答えて、それきりロテールは口を噤んだ。ホルガーもしばらく黙って歩いていたが、やがて好奇心に耐えかねたらしく、こう訊ねてきた。

「なあおい。さっき言ってた『体重を軽くする魔法』っての、もしかけ損なったらどうなるんだ？」

　するとロテールは、常識を語るような口調でサラリと答えた。

「おそらく、わたしの身体が無数の欠片になって辺りに飛び散るだけで済むだろう」

「……あんたを担ぐくらい屁でもねえから、絶対そんな魔法使うんじゃねえぞ。いいな？」

「お前がそう望むなら」

　ロテールは涼しい声で請け合う。あるいは彼なりにホルガーに気を遣ったつもりなのかもしれないが、ホルガーにとってはむしろ大迷惑である。

「せっかくここまで元気にしたものを、帰る段になって木っ端微塵《みじん》になられてたまるかってんだ。ったく！」

　憮然《ぶぜん》としてそう吐き捨てると、彼はいっそう足早に歩き続ける。

「そう先を急いでは、夕暮れまでに疲労困憊してしまうぞ」

「うるせえ。いいから黙って背負われてろ！」

「……わかった」

「いや、待て。たまには喋れ。生きてるかどうか心配になる」

「どちらなんだ。お前はたまに矛盾したことを平気で口にするゆえ、理解に苦しむ」

「あんた今、俺を思いっきり馬鹿だと思っただろ！」

「案ずるな。愚鈍は罪ではない」

「慰めてるつもりか、それで！」

ロテールの暴言失言に腹は立つものの、こうしてやり合えるようになったのが、どこかで嬉しい自分もいる。荒々しい口調とは裏腹に、口許は勝手に緩んでしまう。

そんな、さぞ奇妙であろう自分の顔をロテールに見られない体勢なのを幸いに思いながら、ホルガーはセトの村を後にし、過酷な山越えに再び挑むこととなった……。


それから二日後の昼下がり。

ひたすら山道を黙々と歩いていたホルガーは、ふと立ち止まって耳を澄ませると、細い脇道へ分け入った。期待していた物を目にして、満足げに顔をほころばせる。

「賑やかな水音がすると思ったら、小さな滝か。こりゃいいな。休憩、いや、今夜はここで野宿だ。あんた、さすがにつらそうだからな。今日は少しゆっくりしよう」

そう言うと、ホルガーは水辺の大きな木の下に早々と今夜の宿を定めた。地面の出来るだけ平たい場所に、背負子から取り外した野営用ブランケットを敷き、その上にロテールを下ろす。

大木に背中をもたせかけ、両脚を投げ出して座ったロテールは、気怠げにホルガーを見上げた。

「わたしは大丈夫だ。もっと先へ進んだほうがいいのではないか？　早く町に戻って、お前は店を再開せねば……」

「んなこたぁ、気にすんな。こんだけ休んだ以上は、一日や二日の違いなんて何でもねえ。つか、さすがにあんたを背負って、行きと同じ速度で歩くのは無理だからな。俺にも休憩が必要なんだよ」

ロテールが虚勢を張っていることは、疲れ切った顔で一目瞭然《いちもくりょうぜん》だ。ホルガーはあっけらかんと笑ってそう言い、彼の背丈より低い滝と、その滝が作る可愛らしいサイズの滝壺を眺めた。陽光を浴びてキラキラ光る沢の水は、いかにも冷たくて気持ちがよさそうだ。

「そう深くなさそうな滝壺だ。水浴びにお誂《あつら》え向きだな。いっちょ、汗を流すか。傷は塞がってるから、あんただって水を浴びても問題ないだろう？」

「……いや、わたしは……」

「心配すんな、ちゃんといい場所見つけてやるから。くれぐれも傷口は清潔にって、カレルにも言われてるしな。水から上がったら、薬を塗り直してやるよ」

「……世話を掛ける」

どこか気まずげにそう言うと、ロテールはモゾモゾと方向転換して、ホルガーに背中を向けて服を脱ぎ始めた。その奇妙な振る舞いに、ホルガーは眉根を寄せる。

「何してんだ、あんた?」

するとロテールは、振り返りもせず、いつにも増して低い声で言った。

「考えてみれば、師匠以外の人間の前で服を脱いだことはないのだ。まして、昼日中に裸になるなど……。水浴びはしたいが、さすがに羞恥に耐えぬ。こちらを向くな」

「……ッ」

そんな台詞と共に、痩せた肩から滑り落ちるローブを目の当たりにして、ホルガーの喉がゴクリと鳴った。

それまでは、水浴びをして汗と汚れを落としたいという素朴な欲求しか誓って持っていなかったホルガーである。しかし、ロテールが初めて自分の前で裸になろうとしているのに気付いた瞬間、旅に出てからずっと禁欲状態だった男の証が、不埒なまでに素早く熱を帯び始める。

(……待て。やめろ、お前。俺だって、これから裸になるんだぞ。お前がその気になってちゃ、丸わかりだろうがよ!)

ホルガーは、心の中でみずからの股間を叱咤《しった》した。

せめてロテールから目を逸らそうとするのだが、傷を庇《かば》いながら慎重にチュニックを脱いでいく彼の、生まれてから一度も日に当たったことがないのではないかと思うほど白い背中に、視線が釘付けになってしまう。

このままでは、本格的にホルガーの身体が「準備」を完了してしまうのは時間の問題だった。実際、それがいささか過剰な元気でズボンの前を押し上げつつあり、その光景が余計に彼を焦らせる。

それなのにロテールは、ちらと振り返り、自分を見ているホルガーを見て眉をひそめてこう言った。

「どうした？　お前も早く脱ぐがいい」

「お、お、お、おう」

脱ぎたいのは山々だが、今の状態ではそういうわけにはいかない。心の中で幾度も謝りつつ、ホルガーは窮余の策として、自分を叱るときの母親の顔を思い出すことで勢い付く下半身をどうにか萎《な》えさせ、当座の危機をやり過ごしたのだった。

秋とはいえ、午後の日差しが十分に差す沢の水は、思ったよりは温かった。

互いに下履き一枚になり、ホルガーはロテールに手を貸して、水深を確かめながら沢から滝壺へとゆっくり進んだ。そこそこの深さの場所で、水中に大きく盛り上がった岩を見つけ、その上にロテールを座らせてやる。胸の辺りに水面が来るので、水浴びには格好の場所だ。

「くうっ、生まれ変わる感じだな！」

こちらは少し水が深い場所へ進み、思いきり頭のてっぺんまで水に潜ってから、大きな犬のように頭を振って歓声を上げるホルガーに、ロテールもすっかり肉の落ちた腕を洗いながら同意した。

「確かに心地よい」

濡《ぬ》れた白い肌には、かろうじて塞がってはいるものの、生々しい傷口があちこちにある。折れた肋骨がまだ繋がっていないので、胸には固定用の包帯をきつく巻いたままでの水浴びだ。

初めて明るい場所で目の当たりにした痛々しすぎる負傷ぶりに、ホルガーは心配して問いかけた。

「水、傷に滲《し》みるか？」

「いや。問題ない。……っ」

そう言いながらも、髪に水を掛けようとして、ロテールは顔をしかめて呻く。肋骨骨折

のせいで、肩関節を動かそうとするとかなり痛むらしい。

「頭か？　洗ってやる。そうだな……支えてやるから、ちょっと後ろに倒れてみろ」

ホルガーはロテールに歩み寄り、片腕を彼の背中に回した。体重を掛けられても、水中なので大した重みは感じない。

もう一方の手でロテールの長い黒髪に水を掛けてやると、白い額が露わになった。

「あんた、意外とデコッパチだな」

「でこ……？」

「ああいや、何でもない。そのまま楽にしてろ。頭の傷、確かてっぺんちょい前くらいだったな？　触らないようにしねえと」

「すまぬな、色々と」

珍しく殊勝《しゅしょう》に詫び、心地よさそうにロテールは目を閉じる。

「まったくだよ。……ああ、それにしても、俺ぁこんなに長い髪を洗ったことがないから、要領がわからんな。……くそ、指に絡まる。何だってこんなに長くしてるんだ、あんた」

ロテールの長い黒髪に水を掛け、無骨な手で梳きながら、ホルガーは思わず毒づいた。

目を開き、ホルガーの顰めっ面を見上げて、ロテールはあっさりと答えた。

「放っておいたら、伸びた」

「……何となく、そんな気はしてた。けど、洗うのに手が掛かるだろう。切らないのか？」

「自分では上手くできない。邪魔なら、あとで切ってくれ。別に構わない」

「俺がか？」

「他に誰がいる」

「それもそうか。……どんくらい切るかな。短いほうが、旅の間はいいだろうしな」

指で髪を挟んで切った後の長さをあれこれ試していたホルガーは、やがてロテールの髪から手を離し、小さく首を振った。

「……あー。駄目だ。やっぱやめた」

「何故だ？」

「勿体ねえ。せっかく綺麗な黒髪なんだ。伸ばしとけよ」

「切れと言ったり伸ばせと言ったり、発言に一貫性のない男だな」

「馬鹿野郎、その矛盾が人間らしさだろうが」

「……そうなのか？　わたしにはそんな矛盾はないぞ」

「だからあんたは、人間離れしてるんだよ」

「人間離れ？　わたしがか？」

「あんたがだ。いつも人を食ったような涼しい顔をして、何考えてるんだかさっぱりわかりゃしねえ」

「ふむ」

わかったようなわからないような顔で頷くロテールの上半身を元どおり起こしてやり、ホルガーは、再び水深の深い場所へ移動しながら何げなく問いかけた。

「なあ。あんたはいつだって落ち着き払ってるけどよ、ロテール。あのくそでかい竜の前でも、震えたり青ざめたりしなかったのか？　怖くなかったのか？」

「一刻も早く竜に対処せねばならぬあの場で、怯えることに何の意味が……む？　待て。まるで竜を見たような口ぶりだな、ホルガー」

「あ？　ああ、うん、見た」

「見た？」

景気よく水を跳ね散らかして身体を洗いつつ、ホルガーはあっさり答える。

「あんたが眠ってる間に、いっぺんだけカレルに森に連れていってもらったんだ。どうしても見ておきたくてな。あんたをボコボコにした竜って奴を」

「……そうだったのか」

「石になった頭と尻尾の先だけでも、腰が抜けるほどでかかった。あれが石じゃなく、寝てるっていってても本物の竜だったわけだろ？　俺だったら、怖くて竦んで動けねえ。でもあんたは、あいつを鎮《しず》めようとしたんだよな」

「しくじったがな」

水の中では、傷ついた身体も楽に支えられるのだろう。ロテールは心地よさそうに岩に腰掛け、久し振りの水浴びを堪能しながらボソリと言った。表情には出さないが、どこか悔しがっているような声音に、ホルガーは苦笑いした。

「いきなり飛んで行って、あんな化け物を鎮められたら、そっちのほうがビックリだ。殺されなかっただけよかったぜ。……けど、ホントに怖くなかったのか？」

「くどい。あの場では、恐怖など覚える余裕は皆無だった」

「そっか。すげえな、あんた」

「凄い？　何がだ」

「見た目はナヨナヨだが、肝っ玉が据わってるって言ってんだ。正直、見直したぜ」

「…………」

まっすぐな賛辞と屈託のない笑顔を向けてくるホルガーに同意もせず反論もせず、ロテールはただ無言で、午後の日差しに煌《きら》めく水面を見つめていた。

水から上がったホルガーは、熾しておいた焚き火に薪を足し、その前にロテールを座らせた。傷に薬を塗り直し、服を着るのを手伝い、痩せた肩に毛布を掛けてやってから、自分は再び水の中へ戻っていく。

しばらくして戻ってきた彼は、頭を勢いよく振って短い髪から水滴を飛ばしつつ、残念そうにこう言った。

「魚がいたら捕まえてやろうと思ったんだが、どうも見あたらねえな。水が綺麗すぎるのかもしれん。ま、カレルが食糧を十分持たせてくれたから、食うには困らねえ。安心しろ」

濡れた下穿《したば》きを脱いで木の枝に引っかけて干し、ずだ袋から新しいものを出して身につけながら、ホルガーはそう言った。ゴワゴワした毛布を身体に巻き付けたロテールは、乾きかけた長い黒髪を煩わしそうに後ろに払い、両手を焚き火にかざしながら呟いた。

「水から出ると、身体が重いな。頭を支えているのも難儀な気がする」

「そりゃ、水浴びでくたびれたところにもってきて、水の中では身体が軽かったから、余計そう感じるんだろ。やっぱ、今日はここで野宿することに決めて正解だな。そろそろお互い、休息が必要だ。……ちょっと待ってな」

そう言うとホルガーは手早く服を着込み、自分の毛布を持って火のそばに戻ってきた。毛布を小さく折り畳み、ロテールに差し出す。

「何も、無理して座ってるこたぁねえ。横になれよ。これを枕にすればいい」

「……すまぬ」

強がる余力はないのだろう。ロテールは素直にホルガーの厚意を受け入れ、静かに横たわった。その枕元に、ホルガーはどっかと腰を下ろす。

「寒くないか？　痛みが酷くなったとこもねえか？」

「大丈夫だ」

「そっか。疲れたろ。寝ちまってもいいぞ。俺はもうしばらく身体を温めてから、のんびり晩飯の支度をするから。今夜は、焚き火で芋でも焼こう。眠ってても、焼き上がったたい匂いできっと目が覚める」

どこか楽しげにそう言い、ホルガーは手櫛《てぐし》で短い金髪を整え、外していた眼鏡を掛けた。

そんなホルガーを眠そうな目で見ながら、ロテールは静かに口を開いた。

「ホルガー。眠ってしまう前に、一つ訊きたいことがある」

「何だ？」

冷えた身体を焚き火の熱で心地よく温めながら、ホルガーは機嫌よく返事をした。するとロテールは、実にシンプルな問いを口にした。

「何故、わたしを迎えに来た？」

あまりのことに、ホルガーは瞬時に「信じられない」という形相になる。

「待て、今さらその質問かよ⁉」

「いけないいか？　村にいたときには、他の二人がいたので、何となく訊きづらかったのだが、こういうことは即座に訊ねなくては回答期限が切れるものだっただろうか」

「いや……まあ、いいけどよ」

ホルガーは照れ臭そうに頭を掻き、ちょっと口ごもりながら答えた。

「自分でも何故だかよくわからんが、あんたは放っとけない奴なんだ」

「放っておけない？」

「だってそうだろ。出会ってからあんたはぶっ倒れてばっかだし、そうじゃないときも顔色は悪いし痩せっぽちだし、口は重いし……俺と違って賢いくせに、どっか抜けてるし」

「……どうも貶《けな》されているように思うのだが」

「まあ、おおむね貶してる。けど、あんたはいい奴だ」

ホルガーはそう言い、ホロリと笑った。対照的に、ロテールはどうにも怪訝そうな面持ちになる。

「お前の人物評価は、どうにも理解し難いな」

「いいんだよ、別に。つまり、あんたが怪我したって聞いて、いても立ってもいられなくなったから、迎えに行った。そんだけだ」

「……そうか」

わかったようなわからないような顔で、ロテールは小さく頷く。ホルガーは、棒きれで薪の位置を微妙に調整し、火の勢いを穏やかにしながら問い返した。

「で？　あんたは、俺が迎えに来てどうだった？　まあ、特に思うところはねえか」

質問をしながら、同時に自分で勝手に答えを作ってしまったホルガーに、ロテールは軽く片手を上げて「待て」と言った。

「わたしはまだ何も言っていないのに、勝手に決めつけるのは理不尽に過ぎるぞ」

「そんじゃ、何か思うところがあったのか？」

心底不思議そうなホルガーに、ロテールは曖昧に首を傾げながらおもむろに口を開いた。

「あった……と、思う。だが、上手く表現する言葉が見つけにくい」

「心ん中ってなぁ、誰にとってもそういうもんだろ。けど、あんたがどうにか言葉を見つけてくれなきゃ、俺には一生わからねえ」

「それもそうだ」

大真面目に頷き、ロテールはしばらく考え込んでからこう切り出した。

「目が覚めて、傍らにお前がいるのに気付いたとき、わたしは……」

「あんたは？　俺が臭くて汚くてビックリしたって話はもういいぞ」

「わたしも、その件は割愛したい。そうではなくて、わたしはお前の顔を見て……」

ホルガーは、じっとロテールの言葉を待つ。ロテールはそれからさらに数十秒沈黙し、ようやく心の内を表現するのにふさわしい言葉を見つけたらしく、どこか満足げにきっぱりと一言、こう言った。

「安堵した」

何の変哲もない一言に、ホルガーは眉をひそめる。

「安堵？　ホッとしたってことか？　そりゃまあ、あんたを町まで運ぶ人間が来て、安心すんのはわからんでもないが……」

「そういうことではないのだ」

「じゃあ、どういうこった」

「お前の顔を見た途端、全身から力が抜け、身体が平たくなるような気すらした」

「……悪い、よくわからんな」

盛んに首を捻るホルガーの姿に、ロテールは淡く微苦笑した。それはよくよく見ないとわからない程度の笑みではあったが、確かに彼はホルガーに笑いかけたのだ。

それに気付いてホルガーが驚きの声を上げる前に、ロテールはこう言った。

「おかしなものだ。長年自分が暮らした家、今は弟弟子の家にいるというのに、わたしは少しも安らいでいなかったらしい。それが、お前が来るなり、気が緩んだ」

「ロテール、あんた……」

「こう言うとお前は怒るかもしれぬが、ああ、これで後のことはお前がどうにかしてくれる。わたしはただお前に我が儘を言っていればよいのだと、そう感じたのだ」

ホルガーは眉をハの字に、口をへの字にして、微妙にも程がある顔つきになった。眼鏡を外し、二日ぶりに袖を通した清潔なシャツの裾でレンズを拭いてから掛け直す。

「……そりゃまた酷いと言うべきか、俺に我が儘を言ってた自覚があったことに驚くべきか、正直迷うな」

「してほしいことがあれば言えとお前が要求したから、言ったまでだ。しかし、迎えに来いと言ったことも、カレルの心づくしの料理をあまり食べず、お前の料理が食べたいと言ったことも……おそらく、我が儘の域なのであろうと考えている。その認識は正しいだろうか」

ロテールはどこまでも大真面目である。ホルガーは閉口しつつ頷いた。

「まあ、おおむねそうだと思うぜ。自分の仕事を放り出して、決して近かねえ距離を大急ぎで来たんだからな。けど、料理に関しては、俺にとっては我が儘言われたって感じじゃねえ。あんたに旨いって言わせるのが、野望みたいなもんだったからな。むしろ本望って奴だ」

「そう、なのか」

「ただ、カレルには悪いことしたと思うべきだろうな。あいつは、真っ直ぐでいい奴だ。きっとあんたのために、一生懸命考えてあれこれ用意したんだろうし、お前が食わないんで、心配もしてただろう」

「そうか……そうだな。いつか、あれにも詫びねばならぬな。実を言うと、これまでの人生で他人に何かを希望したことはないのだ。だからどこまで望んでいいやら、加減がわからなかった。今もよくわからぬ」

もう頭を抱えてしまいたいような気分で、ホルガーは片手を上げる。

「待て。待て待て。あんたが信じられないことを言うのには慣れっこのつもりだったが、またしても変なことを言い出したな。あんた、人生で、誰かに何かを頼んだことはないってことか？　一度もか？」

「頑是無い幼児の頃はともかく、少なくとも、物心がついてからは一度もない。だからこそ今回、我が儘とはこのような心持ちのするものかと、いささか驚いた」

ロテールは不思議そうに呟き、どこか眩《まぶ》しそうにホルガーの顔を見上げた。ホルガーは、一本気そうな真っ直ぐの眉を軽く上げ、馬鹿にした様子もなくロテールを見返す。

「で、人生初の我が儘を言った心持ちってのは、どんなだ？　ついでに聞かせろよ」

するとロテールは、再びゆっくりと言葉を探してからこう言った。

「お前がわたしの我が儘を聞き届けてくれるたび、わたしは……満たされるのを感じていた」

「……満たされる？　ああ、飯のことか。腹が？」

「それだけではない」

ロテールは胸の痛みに低く呻きながらも、ゆっくりと起き上がった。そして、じっとホルガーの顔を見つめて口を開いた。

「わたしの願いを叶えてくれるということは、お前が……もしやわたしを大事に思ってくれているのではなかろうか。そう思うと、不思議なほどに胸が温かく、心が満たされた」

「俺が……あんたを、大事に、思って、る？」

「もしわたしが心得違いをしていたら、訂正してほしい。他人の胸中を推し量ることにも、わたしは不慣れだ」

呆然と呟いたホルガーに、ロテールは目を伏せ、少し戸惑った様子でそう要望する。しかしホルガーは、ギョロリとした目を盛んに瞬かせ、酷く難しい顔で黙りこくってしまった。

「ホルガー……？」

「ちょっと待て」

「待つのは構わないが、わたしの問いは、さように お前を困惑させるものだったのか？」

「いいから待て。考えさせてくれ」

「いいとも」

鷹揚に頷き、ロテールは口を閉ざした。元来、無口なたちなので、黙っているのはまったく苦にならないのだろう。

対するホルガーは、腕組みして唸り始めてしまった。

(俺が……こいつを、大事に思ってる？　そんなこと、わざわざ考えたこともなかったが、しかし)

確かに最初は、ただの成り行きだった。

あまりにも生活能力の低いこの男が気になって、パン職人のプライドが傷つけられたこともあり、半ばムキになって食事を作り、毎日食べさせた。

だが、いつの間にかそれが「日常」になり、毎夜、ふたりで食卓につくのが当たり前になっていた。ふたり分の料理を作るのにも、すっかり慣れた。

以前は自分ひとりでもそれなりにきちんとした食事をしていたのに、ロテールが村に帰っている間は自分だけのために料理するのが億劫《おっくう》で、ホルガーはずっと残り物のパンとチーズだけで腹を満たしていた。それも、ちゃんとテーブルに着かず、翌日の仕込みの途中に、立ったまま手づかみで食べるという自堕落ぶりだ。

大事な店を放り出して迎えに来たのは、さっきロテールに言ったように、彼を放ってはおけなかったから、というのが主な理由である。

しかし同時に、ロテールが近くにいないとどうにも落ち着かない、というのも、これまで気付かなかった、ホルガーの正直な気持ちである。

(そっか。そういう、ことか)

「あー……酷ぇ話だ」

思わず漏れた独り言に、ロテールは軽く眉根を寄せる。

「ホルガー。やはりわたしの、大いなる思い違いだったか」

「……待てってつったろ」

肺が空っぽになるほど深い溜め息をつき、ホルガーは片手で短い髪をガシガシと掻き回した。それから酷く照れ臭そうな面持ちで、ロテールのどこか不安げな顔を見返す。

「俺はあんたと違って、賢い人間じゃねえ。この出来の悪い頭であれこれ考えるよりは、直感で動くほうがずっとマシだと思ってる。だから……これまであんたにしてきたことはどれも、パパッと気分で決めちまったことばかりだ」

「………」

小さく頷くロテールの顔にごくごく僅かな失望の色を感じて、ホルガーは思わず笑い出してしまった。

「おい、あんた、今日はやけに表情豊かだな。そうガッカリすんな」

「ガッカリ？　わたしが？」

「してるしてる。……違うんだ。何もかもを気まぐれでやったって言ってるんじゃねえ。いや、最初は気まぐれだったかもしれん。けど、こうしてあんたを迎えに来たことは、そんなじゃない。俺はただ、そうせずにいられなかった。使役の報せを受けてすぐに荷造りを始めて、マジで夜明けと同時に家を飛び出すくらいには、俺ぁ、泡食ってたんだ。こんなに長く家を空けて、ヘタすりゃ店を潰すかもしれないなんてことは、考える余裕もなかった。ただ、一刻も早くあんたのところへ行かなきゃならん、それだけを思ってた」

「ホルガー……」

ロテールは、黒い瞳を見開く。ホルガーは、人差し指で鼻の下を擦り、ちょっと顔を歪《ゆが》めるようにして笑った。

「道行き、ずっとあんたを助けに行くんだと……今の今まで思ってたが、どうも違うな。

俺は、俺自身のために、あんたを迎えに来たんだ、たぶん」

ロテールは、片手をブランケットについて上半身を支えながらも、背筋を真っ直ぐに伸ばしてホルガーを見つめ続けている。

「わたしを迎えに来ることが……お前のためになるというのか？」

ホルガーは頷いた。その顔には、照れはあっても戸惑いはもうなかった。

「なる。てぇか、あんたがいるのが……あんたが毎晩うちで飯を食ったり、時々一緒に酒を飲んだり、どうでもいいような話をしたり……ま、喋ってんのはだいたい俺だけどよ、そういうのがもう、俺にとっちゃ当たり前のことなんだ。それが当たり前じゃなくなったら……あんたがいなくなっちまったら、困る。どうにも落ちつかねぇ」

「それは……つまり、わたしの印象は大きく誤ってはいなかったということだろうか」

「そういうことになる。今の今まで気付かなかったが、俺はあんたが大事なんだな。そっか。ははは、ああ、そうか」

（大事……か。そうか。しかもそりゃ、あそこが勃《た》つような大事ときたもんだ。……だよな。店を放り出してもいいと思うほど大事に思うから、俺はこうしてここにいるんだもんな。親でも親友でもねぇのにそこまでに思うってのは……そういうことだ）

ホルガーは、こめかみを片手で押さえて、笑い出してしまった。

まさか、男に恋をする日が来るなどと想像すらできず、おかげで当のロテールに問われるまで、自分の気持ちに気付くチャンスすらなかった。

いや、チャンスはあった。

二度までもロテール相手に下半身が反応してしまったのだから、気付くべきだったのだ。だが彼は、酒の勢い、禁欲が長かったから、あるいは単なる気の迷い……そう安直に片付けようとしていた。

(でも、違うんだ……。俺は、こいつのことが……)

「ホルガー？　何がおかしい？　お前は何故笑っているのだ？」

ホルガーの思考とひとり笑いは、気遣わしそうなロテールの声で遮られた。気付けばロテールが、胸が痛むのも構わず、前屈みになって自分の顔を覗き込んでいる。

「ああ、いや。ようやくわかったんでな。あんたが放っとけない奴なのは確かだが、それだけじゃない。俺が、あんたを放っておきたくないんだ」

「……それがわかったことが、そんなに可笑しいのか？」

「可笑しいんじゃねえ」

「だったら、何だ」

「……さあな」

照れ隠しに空とぼけると、ホルガーはまたしても棒きれを取り上げ、必要もないのに薪をつついた。顔がにやついてしまうのを見られたくなくて、不自然に俯きがちになる。

「いいから、横になっとけよ。休まないと、こうしてる意味がないだろうが」

「……そうだな」

ロテールは素直に横たわり、しばらく無言だったが、やがて目の前の炎を見つめたままで静かに言った。

「ホルガー。お前が……」

「あ？　まだ起きてたのかよ。何だ？」

てっきりロテールが眠ったものと思っていたホルガーは、少し咎めるように応じる。それに構わず、ロテールは淡々とこう告げた。

「お前が、わたしを大切に思っていると知って、わたしはさらに安堵した」

「！」

「このとてつもない安堵の理由はどこにあるのか、さらに考察すべきなのだろうが……今は無理だ。何しろ、目を開けておくことも……すでに困な……」

「お……おう？」

「…………」

「ロテール？」

話がなかなか再開されないので、ホルガーはロテールの顔を覗き込み、そしてふっと溜め息のように笑った。水浴びで余程疲れたのか、ロテールは喋りながら寝入ってしまっていたのだ。

「話の途中で寝ちまうなんざ、変なところで赤ん坊みたいな奴だな。ったく……。あ、まさか、熱とか出してんじゃねえだろうな」

持ち前の心配性が頭をもたげ、ホルガーはごつい手でそっとロテールの額に触れてみた。ほんの少し熱い気はするが、あるいは焚き火のせいかもしれない。ついでに、頰に乱れかかる長い髪を後ろに払ってやろうと頰に指先を滑らせたとき、ホルガーはギョッとした。

ロテールの骨張った手が、ホルガーの手に触れたのだ。

まだ起きていたのかと硬直したホルガーだが、どうやらそれは無意識の動作だったらしい。ロテールは、規則的で静かな寝息を立て、目を閉じたままだ。

「な……なんだ。ビックリし……うぉ！」

しかし、手を引こうとするより一瞬早く、ロテールの指は、ホルガーの手を握り込んでしまう。

驚いて息を呑みつつも、ホルガーには、ロテールの手を振り払うことが出来なかった。

まるで子供が毛布を握り締めて眠りにつくように、ロテールは、ホルガーの手をしっかりと握ったまま、胸元にその手を持っていく。

「……寝てても我が儘を言うつもりか。これじゃ、俺が動けないだろうが」

苦笑いでそんな不平を言いながらも、ホルガーの普段はいかつい顔に、何とも言えない温かな笑みが広がっていく。

「なあ。クソ照れ臭いから、あんたが寝てる間に言っておくぞ。俺は、あんたがこうして俺にだけ我が儘を言うってのを……悪くないと思ってる。いや、むしろいい気分だ。俺だけが特別ってのが、妙にいい。こういうのを世の中じゃきっと、惚れた弱みって言うのかね。俺にもまだ、よくわからねえが」

ロテールに片手を預けたまま、ホルガーは低い声でそう呟いた。そして、彼自身も人生で初めて経験する幸せな戸惑いを持て余しつつ、大きな欠伸《あくび》をした……。

五章　大切なものは

カレルの家を出てからまる一週間。ようやくホルガーは、ロテールを背負って町に帰り着いた。

文字どおり疲労困憊のロテールを工房のベッドに放り込み、自分も様子見がてら、椅子を並べた上に横になったものの、ホルガーは深夜、ふと目を覚ましてしまった。

長旅で泥のように疲れているのに、彼の魂が「帰ってきたならパンを焼け」と命じている。彼は心の声に従い、ロテールを起こさないよう、そっと自宅に戻った。

フラフラになりながらもパン生地を捏ね、暗闇の中で窯を掃除し、薪を割る。そうしているうちに、身に染みついたパン焼きの勘が、少しずつ身体に戻ってくる気がした。

そして、朝。

こんなに長く店を休んでしまっては、もはや客は離れてしまっただろうと思いつつも、彼はいつものように大きな丸パンをいくつも焼き、店頭に並べた。たとえ誰も来てくれなくても、パン職人として、そうせずにはいられなかったのだ。

（どうせ……誰もいないんだろうな）

そんな鬱々とした思いで店の扉を開けたホルガーは、自分の目を疑い、何度も瞬きした。

店の前には、向こうの角まで続くほど長い行列が出来ていたのである。先頭で笑顔を見せているのは、くだんの仕立て屋の女房だ。

「な……なんだ、こりゃ」

「おかえり、ホルガーさん！　やっと、あんたのパンにありつけるんだね。しかも、営業再開の日にこの繁盛っぷり、大したもんじゃないか」

「あ……あ、いや、え、ええっ？」

ホルガーは口をパクパクさせ、女房と長い列を見比べる。

「待てよ。これみんな、まさか、うちの店の客か？」

「そうだよ。みんな、今朝はきっと店開けるだろうって楽しみに待ってたんだよ」

ニコニコしてそう言う女房に、ホルガーは困惑しきりの顔を向けた。

「いや……だけどよ。こう言うのも何だが、うちの客はこんなに多くないだろ。何だ、この大行列は」

「そりゃあんた」

女房は長い列をちらと見やり、声をひそめてホルガーに耳打ちした。

「昨日の日暮れ前、あんた、小汚い格好で、しかも魔法使い様を背負子に座らせて戻ってきたろ？　あんたたち、そりゃあ目立ってたんだよ。みんな、家から出て来て何ごとかって見てたの、気付かなかったのかい」

「あ……。昨日は、ヘトヘトだったもんでな。周りを見る余裕なんざ、これっぽちもなかった。で？」

「いったい何があったんだろうって噂してたんだけど、今朝、夜明けを待って、急ぎの薬を貰いに行った人が、魔法使い様に話を聞いてきたんだよ！」

それを聞いて、ホルガーは太い眉をひそめ、口をへの字にした。

「あいつ！　まだ大人しく寝てなきゃいけないのに、さっそく工房を開けやがったのか。ったく、油断も隙もねえ。あとで説教だな」

「ん？　何か言ったかい？」

「いや、何でもねえ。で、そいつが何を聞いてきたって？」

「やだねえ、しらばっくれちゃって！」

仕立て屋の女房は、厚みのある手でホルガーの太い二の腕をバシンと叩いた。

「あんた、魔法使い様の竜退治を手助けしたらしいじゃないか！　大したもんだ！」

「はあ⁉」

ホルガーは目を剝き、あんぐりと口を開けた。

仕立て屋の女房を問い質したところ、どうやらロテールは、「セトの村で竜を鎮めようとして大怪我を負い、それを助けてくれたのがホルガーだ」と、彼なりに状況を簡潔にかいつまみ、例の愛想も素っ気もない口調で説明したらしい。

それが人の口を経るうちに、ホルガーは、「ロテールと共に竜と戦って勝利し、さらに負傷した彼を町まで連れ帰った勇者」だということになってしまったようだ。

つまり、今、長い列を作っている人々は、その噂を聞いて、ホルガーと彼の焼くパンに興味を持ち、いうなれば「勇者の焼いたパン」を手に入れようとしているらしい。

「おいおい、そんな理由かよ。冗談じゃねえぞ」

軽い眩暈《めまい》に襲われながらも、朝から並んでくれている人々を追い返すわけにはいかない。しかも周囲の店が営業を開始する前にこの行列を解消しないと、帰宅そうそう大迷惑をかけてしまう。よって、ここで誤解を解くための説明を延々とするわけにもいかない。

そもそも、ロテールが（おそらくはかなり言葉足らずの）事情説明をしてからわずか数時間でこんなことになってしまったのだ。既に町じゅうに、噂は広まっているのだろう。

（こりゃ、誤解を解くのはもう無理だな）

困り果てつつも、実際、重傷を負ったロテールを迎えに行き、連れ帰るだけでも十分に大変だった。この繁盛ぶりは、その奮闘に対するご褒美のようなものなのかもしれない。

かなり面はゆくはあるが、どんなにもてはやされたところで、人の噂などすぐに色褪せるものだ。下手にあれこれ言うよりは、この際、黙って受け流したほうがいい。

そんな諦め半分の結論に達したホルガーは、声を張り上げて開店を告げると、逃げるように店に引っ込んだ……。


さすがに翌日以降は客足も徐々に落ちついたが、それでも売れ行きは旅に出る前よりずっと多い。どうやら、常連客はほぼ離れずにいてくれ、さらに好奇心で来た客の何割かもホルガーのパンを気に入り、新たなお得意様になってくれたようだ。

旅の間の不安などどこへやら、ホルガーはますます忙しく充実した日を送っていた。

一方、パン屋の仕事の合間に、彼は朝晩、ロテールの工房へ通い続けていた。

何しろ、まだ体調万全にはほど遠いロテールである。それなのに、放っておくと倒れるまで仕事をしようとするので目が離せない。

仕事は当面、簡単な作業と、手持ちの薬を処方するだけ。そう厳しく言い渡し、「お前に命令されるいわれは……」と不平顔のロテールを睨みつけて黙らせ、食事だけでなく、傷の手当て、掃除、洗濯に至るまで世話を焼く。そうしたこともまた、今ではホルガーの日常となっていた。

そんなある日の夕食後、工房のテーブルでタンポポの根を煎じた芳《こう》ばしい茶を飲みながら、ホルガーは差し向かいに座っているロテールの様子を窺った。

町に戻って一ヶ月半が経ち、ロテールの顔色も、まだまだ青白いなりに改善されてきた。骨と皮ばかりに痩せ細った身体にも、多少は肉がついてきたようだ。

この分なら、これから本格的な冬を迎えても、体調を崩すことはないだろう。

（むしろ、怪我する前より元気そうになってきたな）

この半年ほどの自分の努力が決して無駄ではなかったと実感して、ホルガーはいかつい顔をほころばせた。するとその表情に気付いたロテールが、訝しげに問いかけてくる。

「何だ？」

「ああ、いや。改めて言うのも何だが、あんたがずいぶんと元気になってよかったと思ってたんだ。飯も、けっこう食えるようになってきたしな」

するとロテールは、大真面目な顔で頷いた。

「ああ。傷はほぼ癒えた。ゆえに、そろそろ工房の仕事を本格的に再開しようと考えている」

早速の主張に、ホルガーは苦笑いでカップをテーブルに戻す。

「そう言うだろうと思った。ホントはもうちょっと養生したほうがいいんだろうが、働かないと落ちつかねえって気持ちはわからんでもない。みんなに頼りにされてるってのは、気分がいいもんだしな」

「わたしの心持ち以前に、もう手持ちの薬が心許ないのだ。このままでは早晩、魔法使いの務めを果たせなくなる。医者へ行く金がない人々がわたしを頼ってくる以上、期待に応えねばなるまい」

ロテールの言うように、町にはひとり、都会で最新式の医術を修めたという医者がいるが、彼にかかるには法外な金がいる。診察だけでなく、薬も処方してもらうとなれば、庶民の稼ぎではとても無理だ。

そこで人々は病気や怪我をすると、動植物や鉱物から薬を作る魔法使いに頼る。そちらのほうがずっと安価であることに加え、皆、得体の知れない器具や薬剤を用いた治療より、昔ながらの魔法使いの薬のほうが安心して使えるのだ。

「必要とされている以上、いつまでも怠《なま》けているわけにはゆかぬからな」

どこまでも生真面目なロテールに、こちらも仕事熱心なホルガーは、真剣な面持ちで頷いた。

「あんたは、この町でたったひとりの魔法使いだからな。責任重大なのは、俺だってわかってるさ。だからもう、働くなとは言わん。だが、無理はするなよ。まだ、胸の痛みは残ってるんだろ？　力仕事は俺に言え。自分の作業の合間に、何だって手伝ってやるから」

「わかった。頼らせてもらう」

小さく頷くと、ロテールはゆっくりと立ち上がった。テーブルを回り込んで、ホルガーの傍らに立つ。

「お？　何だ」

訝しそうにしつつも、ホルガーは椅子を軽く引き、座ったままで身体をロテールのほうに向けた。するとロテールは、片手をテーブルに軽く添えて身体を支え、突っ立ったままでこう言った。

「町に戻ってから今日までのことだ。つまり、わたしの食事や、家事や、傷の手当て、その他の日常の雑事をお前が一手に引き受けてくれた件についてだが」

「うん？」

「お前はお節介の延長だから気にするな、好きでやっていることだと言った」

相変わらず感情のこもらない、平板なロテールの声に耳を傾け、ホルガーはやはりよくわからないといった顔つきで曖昧な相づちを打った。

「あ？　ああ、覚えてないが、言っただろうな。そのとおりだ。で？」

戸惑い顔で見上げるホルガーの灰緑色の目をじっと見下ろし、ロテールは実に淡々とこう告げた。

「お前がそういう心持ちであることは理解している。感謝を求めていないこともわかっている」

「……おう」

「されどわたしは、お前の助けがなければ、こうも早くここに戻り、回復し、おぼつかないまでも工房の仕事を再開することができなかっただろう」

「まあ、普通に考えれば、そう、だろうな」

「うむ。故に、わたしはお前に大いに感謝すべきであるし、実際、しているのだ」

いつもよりほんの少しエッジの鈍い口調でそう言い、ロテールはホルガーの精悍《せいかん》な顔をじっと見た。ホルガーも、いささか居心地悪そうに、広い肩をそびやかす。

「そりゃ、どうも。けど……」

「うむ？」

ホルガーはほんの少し背もたれに体重をかけ、照れ臭そうな顔で咳払いした。

「その……なんだ。旅の途中にちょいと話したっきりで、こっちに戻ってきてからはこういうことを話す機会がなかったし、俺もわざわざ言わなかったけどよ」

　ロテールは無言のまま、視線で先を促す。ホルガーはレンズの小さな眼鏡を押し上げ、口ごもりながら言った。

「滝のそばで野宿したとき、俺は、あんたが大事だって言ったろ？　あんたの言葉を使うなら、特別に思ってる……だっけか。覚えてるか？」

「覚えている」

　ロテールは即座に頷く。そっか、とホロリと笑ってホルガーは話を続けた。

「だから、世話焼いたり、口うるさく寝てろって言ったりしたのは、早いとこあんたを元気にして自分が安心したいからだ。別に、改まって感謝してもらう必要は……」

「必要はなくとも、わたしが己の意思で感謝の意を示すことを、迷惑には思うまい？」

「まあ、そりゃ、あんたの勝手だからな」

「よし。合意を得たな」

　そう言うなり、ロテールはホルガーの真ん前に跪《ひざまず》いた。そして両手をホルガーの膝に掛けたと思うと、いきなり脚を左右に押し広げる。

「おい、待て待て！　あんた、いったい何する気だッ！」

そのままの勢いでズボンのウエストをくつろげられ、下履きの前面を露わにされて、ホルガーは泡を食ってロテールの手首を摑んだ。するとロテールは、実に不満げに黒い目を細め、ホルガーを見据えた。

「よもや、それを訊ねるほどにお前が朴念仁《ぼくねんじん》だとは思っていなかったのだが」

確かに、この状況は、どう考えてもロテールがホルガーに「奉仕」しようとしているとしか思えない。だからこそ、ホルガーは顔色を変えてロテールを制止しようとした。

「いや、何をしようとしてるかはわかってる。俺が聞きたいのは、何だって、こんなことしようとしてるんだってこった」

するとロテールは、煩わしそうにホルガーの手を振り払い、彼の脚の間に片膝をついたままの姿勢でこう言い放った。

「何故なら、山中の泉で、お前はわたしに欲情しただろう、ホルガー」

「なッ！」

バッサリ袈裟懸けにするような鋭い指摘を受け、ホルガーの顔がたちまち火を噴く。酸欠の魚並に口をパクパクさせるホルガーに、ロテールは面白くもなさそうな仏頂面でこう続けた。

「わたしは魔法使いだぞ。人間の『気』の流れには、人一倍敏《さと》い。あのときは、お前が必死で隠そうとしていたゆえ、敢えて指摘しなかったがな」

「う……う、う、う」

　赤くなったり青くなったりしながら、ろくに喋れないホルガーの狼狽ぶりに、ロテールはほんの少し口元を緩めてかぶりを振った。

「責めているのではない。物好きだとは思うが、わたしに欲情するというなら、わたしにとっては好都合だ」

「こう……つごう？　何がだ」

「わたしは、お前の労苦に報いるべき物品を何も持たぬ。ならば、お前の劣情を慰めるくらいのことは、感謝の印《しるし》として試みるにやぶさかでない」

　理路整然とそう言い、ロテールはなおもホルガーの下履きに手を伸ばす。それを必死の形相で押しとどめつつ、ホルガーは動揺しきって上擦った声を上げた。

「れ……れつじょう、を、なぐさめる、とか……っ」

「先日、茶飲み話をしていたとき、お前は長らく恋人がおらず、商売女を相手にもしておらぬと言った。ならば、みずからを慰めることにも飽き飽きしているだろう。……わたしとて、他者に奉仕するのは初めてだが、やり方はわかる。同じ男だ、手と口を使えば、それなりにこなせるだろう」

実にさりげなく「初めてだ」と聞かされ、彼が過去にこんなことを誰にもしたことはないと知って、ホルガーは心のどこかで安堵した。

だがその一方で、ロテールがこのまま下履きをずり下ろし、骨張った細い指や薄い唇で自分のものを愛撫するという恐ろしく淫靡な光景を想像してしまい、凄まじい勢いで血液が下腹部へと流れ込んでいくのがわかる。

「……だめ、だ」

成り行き任せでいい思いをしたいという男の本能と、こんなことは間違っていると主張する理性のせめぎ合いに眩暈を覚えながらも、ホルガーは首を横に振った。

「やめろ。……そんなことは、するな」

カラカラの喉に生唾を流し込み、どうにか言葉を絞り出す。両手でロテールの痩せた肩を摑むと、ホルガーは強引に彼を股間から引き離した。

だがロテールは、不満げにホルガーの顔を睨み、こう言い返してきた。

「何故だ。手と口のみでは不服だと言うのか」

「馬鹿、そういうこっちゃねえ。俺は、こういうことは求めてないって言ってんだ」

「そう言うわりに、お前のものはすでに若干……」

ロテールの視線の先で、ホルガーのそこは、下履きの前をゆるく押し上げ、存在を主張し始めている。ホルガーは、赤い顔で噛みつくように抗弁した。

「当たり前だ！　好きな奴が股の間に顔突っ込んでるんだぞ、おかしくならないほうがどうかしてる。……けど、駄目だ。このままやらせちまっちゃ、俺は一生後悔する」

「何故だ」

「あんたが大事だからだよ」

まだ腑に落ちない様子のロテールの顔を睨みつけ、ホルガーは赤い顔のまま、真剣な口調で言った。

「あんたで勃てたことを知られちまっちゃ仕方ねえ。俺は確かに、そういう意味であんたが好きだ。だが、あんたはそうじゃないだろう。それなのに、こういうことをしてほしくない。そうすべき、とか、そうしたら俺が喜ぶだろう、とかいうのは嫌だ」

「……というと？」

「俺が求めてんのは、一方的な奉仕じゃない。俺は……こういうことは、互いに、本当にそうしたいと思ってるときだけするべきだと思ってる。何てえか、ガキみたいな青臭いこと言ってると思われるかもしれんが」

「………」

ロテールは口を引き結んだまま、どこか迷子の子供のような途方に暮れた面持ちになる。

その顔を見ただけで、ホルガーには、ロテールが自分への感謝を示すために、何をしたらいいだろうかとさんざん考えて出した結論がこれだったのだと、十分に理解することができた。

きっと、ホルガーが喜ぶと心から信じて、ロテールは奉仕を申し出たのだろう。それなのにホルガーに拒まれ、目の前の魔法使いは、本気でどうしていいかわからなくなってしまっているのだ。

「いいんだ。俺のためにここまでのことをしようと思ってくれた、それだけで、俺は嬉しい。気持ちだけ、ありがたく貰っとく。いや、気持ちだけで今は十分過ぎるくらいだ」

「だが」

「いいから！」

ホルガーはそれ以上言わせず、すっくと立ち上がった。ロテールの手を引いて立たせ、そのまま強く抱き締める。厚い胸板に頬を押しつけられ、ロテールは息苦しそうに小さな咳をした。それでもホルガーは腕を緩めず、ロテールも敢えて抗おうとはしなかった。

「ホルガー……？」

自分を抱きすくめる男の意図が読めず、ロテールは珍しく困惑を露わにホルガーの名を呼ぶ。片手で艶やかな髪を撫で、ロテールの側頭部に頬を押し当てたまま、ホルガーは嘆息した。

「ちょっとだけ、こうしててくれ。……あんたに、感謝なんてしてもらわなくていい理由が、もう一つあるんだ。これまでどうも言い出しにくくて、結果として隠し事みたいになっちまった。この際、白状させてくれ」

「何だ？」

「正直に言う。あんたであそこをおっ勃てたのは、今日で二度目じゃねえ。三度目だ」

互いの顔が見えない体勢で、ロテールは「ふむ」と低く唸る。

「わたしの知らないもう一回は、いつだ？」

「あんたがリンゴ酒で泥酔した夜だ。酔っ払ったあんたから、昔、師匠と何してたか聞いて……で、つい想像して、勃った」

ホルガーがボソボソと低い声で告白すると、ロテールが小さく息を呑む気配がした。常に冷静沈着な彼にとっても、それはあまりにも衝撃的な告白だったのだろう。

「わたしは……そんなことをお前に？」

「ああ。ついでに言やあ、あんたの……有角人の友達とのことも聞いた。俺が棚に置いてある角を触ろうとして、あんたに怒られて、それで」

ロテールを抱いたまま、ホルガーはもう一つ懺悔《ざんげ》を重ねる。ロテールは、しばらく複雑な面持ちで黙りこくっていたが、やがてぽつりと呟いた。

「そうか」

いっそ、「酩酊《めいてい》状態につけこんで、一方的に情報を引き出すとは卑怯《ひきょう》だ」と声高に非難されたほうが、ホルガーにとっては気が楽だったかもしれない。だがロテールの声はやけに穏やかで、ホルガーはむしろさらなる罪悪感にかられる。

「あんたは普通の状態じゃなかったのに、あれこれ聞きだしたりして悪かった。今さら謝ったって遅いんだが、すまん」

するとロテールは、小さくかぶりを振った。

「お前が詫びる必要はない。どんな状態であれ、喋ったのはわたしだ。咎はわたしにある。そうか。わたしは、お前にそんな話をしたのか」

「あんときも、今みたいにあんたを抱き締めた。有角人の友達の死のことで、あんたがとても悲しんで、ずっと自分を責め続けてるって知って……なんか、たまんない気分になっちまってな」

「あの夜、ずいぶん長くお前に抱擁されていたことだけは、うっすら記憶している。わたしも、お前に触れたように思う」

微かな記憶を辿《たど》るように、ロテールはホルガーの身体に腕を回した。あの夜と同じぎこちなさで、ホルガーの広い背中を手のひらで探る。

「ホルガー、たまらない気分というのは、どういうものだ？　その気分になると、お前は発作的に誰かを抱擁したくなるのか？」

相変わらずのお堅い質問に、ホルガーは溜め息交じりに笑った。

「相手構わずの獣みたいに言ってくれるなよ。今んとこ、あんただけだ。ひとりで悩んだり、苦しんだりさせたくないと思うのは」

「わたしだけ……か」

「けど、そう思ったところで、俺は学がないし、弁も立たねえ。何もしてやれないだろ。だからせめて、気持ちだけでも伝わればいいって思ったら、勝手にこうしてた。前も、今も、同じ思いだ」

「気持ち……か。わたしには、理解が難しい分野だな。だが、わたしとて以前と同じだ。お前がわたしを抱擁したときも、わたしを大事だと言ったときも、わたしの胸には、得体の知れない温かなものが満ちた。今もそうだ」

言葉を探すようにゆっくりとそう言いながら、ロテールはホルガーの存在を嚙みしめるように、初めて腕に力を込め、たくましい身体を抱き返した。シャツ越しにロテールの指先を感じながら、ホルガーは探るように問いかける。

「そりゃつまり、いい気分だってことか？」

「悪くはない」

「そっか。そりゃよかった」

ロテールには、「いい」と素直に言う代わりに、「悪くない」という表現を多用する変な癖がある。そのことに既に気付いていたホルガーは、ホッとして頬を緩めた。

泥酔しているときでなく、素面のロテールが自分と抱き合うことを心地よいと思ってくれている。それがホルガーには、しみじみと嬉しかった。

実際、抱き締めたときには力が入っていたロテールの身体がすっかりリラックスして、体重を軽くホルガーに預けているのがわかる。服越しにも、ロテールの低い体温がはっきりと感じられた。

「なあ、ロテール。俺は賢くないし、あんたのためにしてやれることはそう多くない。今みたいに、飯を作って一緒に食ったり、掃除洗濯を手伝ってやったり、その程度だ。けど、いないよりゃ、いるほうがいいだろ？」

「無論だ」

可笑しくなるほどの即答に、ホルガーの笑みがますます深くなる。

「だったら、覚えておいてくれ。これからは俺が傍にいる。あんたが寂しいとか、つらいとか思って、誰かに頼りたくなったとき、相手は俺にしろ。ぐでんぐでんに酔っ払ってたとはいえ、いっぺんはもうやったことだ。遠慮は要らん」

そんなホルガーの温かな言葉に、ロテールはしばし沈黙した。いや、絶句していたのかもしれない。顔は見えなくても、困っている気配がホルガーにはありありと感じられた。

やがてロテールは、低く唸ってからこう問いかけてきた。

「ホルガー。お前は何故そこまで、わたしのことを気にする。いや、わたしを大事に思うのはお前の自由だが、わたしのために多大な時間を割き、その身を酷使しているのに、何の報酬も見返りも求めない理由が、わたしには理解し難い」

本気で困惑した声音で呟くロテールの背中をぽんぽんと軽く叩いて、ホルガーは幼子を諭すような調子で言った。

「今のあんたにゃわかんねえかもしれないが、好きって気持ちは、見返りを求めないもんなんだ。ホントに好きな奴のためなら、出来ることは何だってしてやりたい。出来ないことだって、出来るようになって助けてやりたい。そう思うもんだ。少なくとも、俺はな」

「お前のその想いに、わたしが応える保証はないのにか?」

「んな保証、求めてねえよ。そりゃ、応えてくれりゃ嬉しいさ。でもたとえ、あんたが俺と同じ意味で、俺のことを大事に思う日が来なくても……それはそれで、仕方がない。それでも、せめてあんたに必要とされる俺でいたいと思う。好きって気持ちの行き着く先は、そんなもんだ」

ホルガーの言葉を噛み砕くように黙りこくっていたロテールは、やがて無言のままホルガーから少し身体を離した。ホルガーは腕を緩めはしたが、まだ両手は名残惜しげに、ロテールの腰に回ったままである。

ごく近くでホルガーを凝視して、ロテールはいつもの明晰《めいせき》な口調でこう言った。

「つまりお前は、わたしをそれほどまでに好いているのか」

「そうだって、何度言やあいいんだ。あと、あんまり冷静に言ってくれるな。だんだん恥ずかしくなってきた」

ホルガーは赤らんだ顔を照れ臭そうに歪めたが、ロテールは難しい課題を与えられた研究者のような真摯な面持ちでこう言った。

「わかった。お前の想いは、正しく理解したと思う。だが、わたしはまだ自分の心がわからない。これまで、自分の心持ちなど、考えたことがなかったからだ。それでも、生まれて初めて、己の心にも、他者へ向けるそのような想いがあれば……あるいは、生まれればいいと、そう思った」

「人間の世界へようこそ、だな。今はそれで上出来だよ」

ホルガーはそう言うと、ほんの少し躊躇ってからロテールの白い顔に、自分の顔をついと近づけた。そして、魔法使いの冷たくて薄い唇に、触れるだけの無骨なキスをする。

微動だにしないものの、いつもより大きく目を見開いて驚きを表現するロテールから一歩離れ、ホルガーはあからさまに照れまくった顔で頭を掻いた。

「見返りなんか要らんと言いつつも、このくらいは貰ってもいいだろ。……これ以上ここにいると、ひとり我慢大会みたいになっちまうから、もう帰って寝る。あんたも、夜なべ仕事はほどほどにな」

「……ああ」

「おやすみ。今夜は冷えるから、暖かくして寝ろよ」

どこまでも世話焼きな台詞を残し、ホルガーはのっそりと工房を出て行く。魂が半分抜けたような顔で大きな背中を見送り、ロテールはそっと自分の唇に触れた。

「まだ、ホルガーの熱が、ここに残っている。これが……他者を想う心の温度なのか」

そう呟いて、彼はホルガーが唇を重ねたあたりを、指先で幾度もなぞった……。

＊　　＊

平和そのものだった町に大事件が起きたのは、もうすぐ年が暮れようという頃だった。

広場に面した宿屋の一室で、五日前から投宿していた男性が死亡したのである。

男性は、南方のエキゾチックな装飾品を国じゅう巡って売り歩く商人であったらしい。

五日毎に宿代を精算することになっていたので、宿の主人が商人の部屋を訪れたところ、彼は床に倒れて既に事切れていた。

商人には外傷こそなかったが、全身が赤黒い発疹《ほっしん》で覆われ、大量の血を吐いて死んでおり、実に惨憺《さんたん》たる状態だった。

とはいえ、旅人が道半ばで病に斃れることは決して珍しくない。宿の主人夫婦は気味悪がりながらも慣習に則《のっと》り、哀《あわ》れな旅人を町の共同墓地へ葬ってやった。

ここまでは、ありふれた出来事だった。

哀れな商人の死は酒場の格好の話題となり、旅人の所持品……特に珍しい民芸品やささやかな売り上げを当然の権利として手にした宿の主人夫婦は、皆に羨ましがられた。

だが、その二日後から、異変が起きた。

商人が毎日食事をしていたという酒場の主が、同じような発疹と高熱で倒れ、瞬《また》く間に死んでしまったのである。

その日から続々と他の住人たち……酒場の客、死んだ商人が訪れた先の人々をはじめ、死者と直接の接触がなかった人々まで、次々と同じ病で命を落とし始めた。

とうここに至って、町の人々は、商人がこの町に厄介な疫病を持ち込んだのだと悟った。

町長は、国の法律に基づき、ただちに町に三箇所ある城門を厳重に閉鎖した。

町から誰も出さず、町に誰も入れない。それこそが、疫病をこの町にとどめ、他の集落へ伝染させないもっとも有効な手段だからだ。

逃げ場を失った町の人々はパニックに陥り、医者の元へ殺到した。ところが、彼が経営する医院は、既にもぬけの殻だった。

狡猾《こうかつ》な医者は、住人たちより早く疫病に気づき、自分がその正体も治療法もわからないと判断するや否や、城門が閉鎖される前に家族を連れて逃げ出したのだ。

町の人々は次いで魔法使いであるロテールの元へ押し寄せたが、ロテールとて全知全能の神ではない。彼にとっても、今回の疫病は初めて経験するものだった。

そこで彼は、みずからの体面を取り繕うことなど考えもせず、実に率直にこう告げた。病の研究には時間がかかる。一朝一夕には治療法を確立することができないだろうと。

彼を取り巻いた人々は絶望と怒りの声を上げたが、結局のところ、皆のパニックを鎮めたのは、この正直なロテールの言葉と、自分自身も町に留まり、疫病対策の陣頭指揮を執る年老いた町長の姿だった。

ある者は諦めて家に閉じこもり、ある者はなるようになると達観し、またある者は町長に賛同し、積極的に疫病の蔓延《まんえん》を防ごうと、みずから志願して病人の世話や死体の処理にあたった。

疫病にかかった住人は直ちに市街地から離れた場所に設けられた救護所へ隔離され、死体は即座に火葬に付された。閉鎖された町の中でさらに患者を囲い込み、死体を焼却することで、疫病の勢いを削ごうというのである。

しかし、勇敢な町民有志たちの努力も虚しく、患者は日々少しずつ増え、町はどんよりと重苦しい空気に支配されていた。

店舗も大半は営業を取りやめていたが、ホルガーは常と変わらず、毎朝パンを焼き、店を開けた。

彼とて疫病は恐ろしかったが、パンは人々の命を支える糧だ。健康を保つためにも、また、怯える皆を励ますためにも、自分はパンを焼き続けるしかない。ホルガーはそう決意していた。

無論、ロテールの元へ通い、疫病の正体を突き止めようと、日夜書物と格闘し続け、ともすれば衣食住を忘れがちな彼の世話を焼くことも忘れない。

こうして、日常生活を疎《おろそ》かにせず、毎日きちんと食事をし、睡眠を摂っていれば、疫病になどかからない。何しろ、子供の頃から病気一つしたことがないのが自慢なのだから……と、ホルガーは努めて楽観的に日々を過ごしていた。

ところが、城壁が閉鎖されて二週間後、そんな屈強なホルガーの身体に異変が生じた。昼間からやや身体が重い気がしていたのだが、店を閉め、夕食の支度をしているとき、急激に体調が悪化したのだ。

ベッドまで行くこともできず、台所で床に座り込み、壁に背を預けているのがやっとの状態である。

呼吸が荒く、冬だというのに全身にびっしょりと汗を掻いている。

「こりゃあ……ヤバイな」

シャツの袖をまくり上げてみると、腕に赤いできものがいくつか現れていた。おそらく全身のあちこちに同じものが現れているのだろう。

目にするのは初めてだが、これが噂に聞いた、疫病の発疹に違いない。

「とうとうやられたか」

ホルガーは天井を仰ぎ、吐息混じりに言葉を吐き出した。

店を開け続ける以上、まだ症状が出ていない患者が客として訪れる危険性は覚悟の上だった。だからこそ、自分が病に襲われたことに、さほど驚きはない。

息苦しさと倦怠感《けんたいかん》に耐えかねて目を閉じた彼は、ふと今は遠くに暮らす両親を想った。

（すまん、父さん、母さん。親不孝だが、俺は先に死ぬらしい）

極めて現実的な性格の彼だけに、疫病に罹《かか》ってしまった以上、助かるなどとは欠片も考えていなかった。

それよりも一刻も早く、出来るだけ誰にも会わないルートで救護所へたどり着かなくてはならない。それが、感染を自分のせいでさらに広げないようにするための唯一の行動である。

「とはいえ、もう立てねえな。……くそ、もっと早く気付いてりゃ……」

歯噛みしたい気分だったが、それすらできないほど脱力感が酷い。

（なるほど。病気を広げるつもりがなくても、いったん倒れたら自力じゃ動けやしねえ。疫病ってのは、恐ろしいもんだな）

そんな妙に冷静な分析をしていたホルガーは、あっと小さな声を上げて立ち上がろうとし、しかし果たせず、そのまま無様に床に倒れ伏した。

「いけねえ……このままじゃ、あいつが……ロテールが来ちまう。鍵を……かけ、ないと」

店は既に施錠してあるので、明朝、客が店に入ってくる心配はない。だが、ロテールは別だ。最近、彼が昼夜を問わず薬の試作であれこれ煎じているせいで、工房じゅうに酷い臭気が立ちこめている。それで三日前から、ホルガーの家で食事を摂ることに取り決めたばかりだ。じきに、彼がここへやってきてしまう。

「……くそっ、なんだって、こんなに……急に……ッ」

必死の思いで、彼は裏口へ這《は》っていこうとした。しかし、手も足も鉛のように重く、ろくに力が入らない。両手両足を動員しても、身体を支えることすら困難だ。

それでもどうにか少しずつ裏口へ向かって移動しつつあったホルガーの前で、無情にも扉が静かに開いた。

姿を見せたのは、言うまでもなくロテールである。彼は床に這いつくばったホルガーをいつもの無表情で見下ろし、怪訝そうに小首を傾げた。

「どうした？　床掃除の最中か？」

死にそうな顔で見上げるホルガーにロテールがかけたのは、そんな呑気《のんき》な一言だった。

それを咎める余裕すらなく、ホルガーは必死で声を絞り出した。

「出ろ！　今すぐ……っ、ここ、から。絶対に俺に触るな」

そこでようやくホルガーのただならぬ顔色と大量の汗に気付いたらしい。ロテールは軽く眉をひそめると、ホルガーの前に片膝をついた。

「お前……もしや疫病に罹ったのか」

「そ……う、みたいだ。あんたにうつると、困る。早く……出ろ。あと、悪いが役所に知らせてくれ。俺が……やられたって……そうしたら、誰かが俺を、きゅ……ご……」

ぐにゃりと視界が歪み、ホルガーはそれ以上喋り続けることができなかった。かろうじて身体を支えていた両腕から力が抜け、顔面が床にぶつかる。その衝撃で眼鏡が外れて床に落ち、ますます何も見えなくなった。

「……やく……で、て……いけ……」

祈りにも似た思いで最後にそれだけの言葉を吐き出し、ホルガーの意識はたちまち闇に吸い込まれていった……。


額に冷たいものが触れて、ホルガーはふと目を覚ました。

（まだ……生き、てる?）

信じられないほど重い瞼をこじ開けると、かたわらに揺らめくロウソクの炎が見えた。パチパチと、暖炉で薪が爆《は》ぜる小さな音がする。

頭を持ち上げることすらできない有様だが、自分が固いベッドに寝かされていることはわかった。

「ま……さか……」

乾いてひび割れた唇から出た声は、自分でも驚くほどしわがれ、老人のようだった。呆然とするホルガーの耳に、聞き慣れたロテールの声が聞こえる。

「気付いたか。意識があるうちに、これを飲め」

冷静極まりない声と共に密やかな足音が近づいてきて、背中に大きな枕を差し入れられた。ついで、異様な臭気を放つ液体を満たした素焼きの鉢を口元にあてがわれる。

「だ……だめ、だ、なんで……ここ、は」

「わたしの工房だ。お前は重いから、誰にも見られぬよう運ぶのに骨が折れた。お前が倒れてから、二晩経っている」

こんなときでも平板に、ロテールは状況を説明する。絶望的な思いで、ホルガーは息を吐いた。

全身が燃えるように熱いだけでなく、絶えず鋭い針で突かれているような異様な痛みがある。かろうじて見える自分の腕は、目を背けたくなるような、赤黒く醜い発疹に覆われていた。

「な……んで、あのまま……出て、いかなかった。あんた、に、も、うつる……」

「心配はいらぬ。とにかく、これを飲め。時間稼ぎにしかならぬが、当座、命を繋ぐための薬湯だ。救護所の患者たちにも飲ませている」

おそらく疫病の発疹は全身に及んでいるのだろうに、ロテールは少しも気味悪がることなくホルガーの頭を支え、鉢の中身を少しずつ彼に飲ませた。

「ふ……っ、ぐ」

それは、恐ろしい悪臭を放ち、しかも驚くほど苦い薬湯だった。干涸らびた舌でさえ認識できる鮮烈な苦みに、ホルガーは呻き声を上げた。しかし吐き出す力すら残されていなかったことが幸いして、液体は彼の喉をなすすべなく流れ落ちていく。

満足げにそのさまを見守り、ロテールはあっさり言い放った。

「心配は要らぬ。わたしに、お前の病はうつらぬゆえな」

「な……んで」

薬湯を飲ませ終わると、ロテールは枕元の椅子に腰を下ろした。ホルガーの額に乗せた布を取り、冷たい水に浸して絞りながら答える。

「魔法使いは、毒にも薬にも精通しておらねばならん。幼い頃より日常的に微量の毒を与えられ、様々な病の患者に触れさせられてきた。いつしか身体が毒にも病にも慣れ、どのような病にも動じぬようになった。そうなるまでには、幾度となく死にかけたがな」

「な……」

「わたしの身体は頑健さと引き替えに、いかなる病にも毒にも命を奪われぬしぶとさを得たということになるのだろう」

「……なん、だよ、それ。ひでえ……な」

「決して酷くはない。年端も行かぬ子供には厳しい試練であったが、病人に接し、薬物を処方する身の上なれば、必要なことだ」

「……あんたの……弟弟子も……？」

いかにも無邪気で元気そうなカレルの童顔を思い出し、ホルガーは掠れた声で問いかけた。ロテールは、濡らした布でホルガーの顔の汗を丁寧に拭いつつ、簡潔に答える。

「あれの身長が満足に伸びなかった一因は、それだろう。そうした試練を乗り越えて生き延びた者のみ、魔法使いとなれるのだ」

「……おっそろしいな」

「疫病に罹るほうが、よほど恐ろしい。……案ずる必要はないぞ、ホルガー。薬湯でお前の命を繋ぎつつ、何としても治療薬を作り上げてみせる」

やけにキッパリと、ロテールはそう言い放った。

「だけど……あんた、これまで……」

これまでずっと疫病の正体を探ろうとしてきたが、まだ結果を出せていないじゃないかと言いたげなホルガーに、ロテールはほんの僅かに眉を上げ、どこか得意げな表情で答えた。

「莫大な書物の中から、今朝方、ようやくそれらしき病の記述を見つけ出した」

「ほ……んと、かよ」

「ああ。異国の古い言葉で書かれておるゆえ、解読に時を要しているが、必ず治療法を読み解いてみせる。お前はただ、それまで生きて待っておればよい」

普段はよく言えば飄々《ひょうひょう》としている、悪くいえばボンヤリしているロテールが、厳かとも感じられるほど毅然とした口調でそう言ったことに、ホルガーは驚いて絶句する。

血走った目を見張るばかりのホルガーに、ロテールはごくごく小さく微笑んだ。そして、ホルガーの目元を骨張った手で覆い隠す。

「お……おい、な、なんだよ」

「薬湯を飲ませるときは起こす。それ以外は、極力眠っていろ。体力の消耗を抑えるのだ」

「う……」

「眠ることを恐れるな。魔法使いの名にかけて、お前を死なせはせぬ。幾度眠ろうとも、お前は必ず目覚める。必ずだ」

耳元で囁いているはずのロテールの声が、やけに遠くから聞こえる気がする。

おそらくは、さっき与えられた薬湯に睡眠導入効果があるのだろう。こんなに苦しいのに、そう簡単に眠れるものか……と口に出すより早く、ホルガーは眠りに落ちていた。

熱に浮かされ、酷い悪夢を断続的に見て、目を覚ましては全身を焼かれるような苦しさに呻き、苦い薬湯を飲まされ、また眠りに落ちる……。

そんな生活がいったい何日続いたものか、あるときホルガーが目を覚ますと、室内にはいつもと違う、鼻腔に粘りつくような異様な臭気が満ちていた。

(なん……だ……?)

霞《かす》む目を眇《すが》め、室内の様子を窺おうとしたホルガーの耳に、すっかり聞き慣れたロテールの足音が聞こえた。

「今、起こそうと思っていたところだ。目のほうはずいぶん危うくなってきたようだが、わたしの声が聞こえるか?」

そう問われ、ホルガーは少し悔しそうに、けれど今はもう掠れ声すら切れ切れになってしまう喉から、言葉を吐き出した。

「聞こえ……るし、見える。俺を……あなどる、なよ」

ロテールの薬湯で命を繋いでいるとはいえ、もう虫の息といってもいい状態であることは、ホルガーも自覚している。それでも負け惜しみを口にするホルガーに、ロテールはどこか感心したような口調で「頼もしいな」と言い、枕元の椅子に腰を下ろした。

ホルガーが倒れて以来、食事を用意する者がいない。ということは、ロテールもほとんど飲まず食わずで疫病の研究に没頭しているのだろう。

「ちゃんと、めし……食え」

やつれきったロテールの顔に、自分の現状を一瞬忘れ、ホルガーはそんな小言を口にする。さすがに呆れた様子で、ロテールは嘆息した。

「瀕死の相手に、食事の心配をされるとはな。確かにお前は、殺しても死なぬ手合いだ。そんなお前に朗報だ。疫病の治療法を読み解けた。今、薬の調合にかかっている」

それを聞いたホルガーの指先が、ピクリと震えた。もはや腕一本持ち上げることすらできない彼にとっては、最大限の驚きの表現である。

「ほ……んとう、か?」

「嘘を言っても始まるまい。これより、最後の材料を加えるところだ。完成までにお前が力尽きぬよう、じきに薬が出来ると告げに来た」

「さいごの……ざい、りょう?」

かろうじて首を僅かにロテールのほうに向けたホルガーは、彼が大事そうに膝に抱いているものを見て、愕然とした。

それは、くだんの有角人の角だったのである。

「まさか……」

「ああ。有角人の角が、必要な材料の最後の一つだ。持っていて幸いだった。どんなに有能な行商人でも、こればかりは取り寄せることが難しいだろうから」

ロテールの声は落ち着き払っていたが、対するホルガーは、死ぬ程の努力でかぶりを振ろうとした。

「だめ、だ……やめろ。それは……魔法使いにとっては、すごく、貴重なもの、なんだろ」

「確かにそうだが、幸い、ほんの微量で効果を発揮するようだ。ごく一部を磨り潰すだけで、町の患者たち全員分をまかなえるだろう」

「けど！　それ、は、あんたの友達が遺してくれた……大事な、かた、み……っ」

苦しさに耐え、必死の形相で声を絞り出すホルガーの口を、ロテールは人差し指でそっと押さえて黙らせた。

「構わない」

「か……まわない、わけが、ないだろうがっ！」

「いいのだ。お前より大事なものなどないのだから」

「！」

突然鼓膜を打った言葉が信じられなくて、ホルガーは愕然とする。

ロテールは、いつもの無愛想な顔のまま身を屈め、ホルガーの乾いた唇にそっと口づけた。まるで以前のホルガーの不意打ちへの意趣返しと言わんばかりの、触れるだけのキスである。

「ロテール……今、何て……?」

信じられないと何度も瞬くホルガーの熱に潤んだ目には、ロテールの顔が映っている。いつもは無表情な白皙《はくせき》の面が、今はほんのりと赤らんでいた。

「お前が、何より、大事だと」

自分の中で噛みしめるように、一言ずつ区切ってロテールは囁く。だが、待ち焦がれていたはずのロテールの睦言《むつごと》に対するホルガーの反応は、歯ぎしりであった。

「んなこと……これまで一度だって言ったことがなかった……じゃねえか」

「こうなって初めて気付いたのだ。仕方があるまい」

「くそっ、なんで……よりにも、よって……今言った、この馬鹿野郎……っ」

ギリリと歯を噛み鳴らし、ただでさえいかつい顔を凶相レベルに歪めて、ホルガーはロテールを睨みつける。せっかくの甘い囁きに憤怒の表情と罵倒の文句を返され、ロテールは途方に暮れて黒い目をパチパチさせた。

「いったい何がそんなに不満なのだ。おまえは、わたしに好かれたかったのではないのか？　何故、そのように怒る」

「ちが……っ、ああ、ちくしょう」

「……ホルガー？」

彼の胸中を量りかねて不安そうに顔を覗き込んでくるロテールに、ホルガーは心底悔しそうに吐き捨てた。

「そんなことを今言われても……あんたを抱き締めることもできねえだろう、がっ！」

そこでようやくホルガーの怒りの理由を理解したロテールは、「ああ」といつもの涼しい面持ちに戻って頷いた。

「ならば、それはわたしがすればよい」

そう言うなり、ロテールはホルガーの上にふわりと倒れ込んだ。長い腕で、毛布の上からホルガーのたくましい胸を抱き締める。汗ばんだ背中とシーツの間に入り込む細い腕の感触に、ホルガーは思わず息を詰めた。

「ロテール……」

「大丈夫だ、ホルガー。お前は死なぬ。薬が間に合うはずだ」

抱き締めるというよりは、ホルガーの身体の上に自分の身体を軽く預け、ロテールは囁いた。

「焦る必要はない。健康を取り戻したあかつきには、心ゆくまでわたしを抱擁するがいい」

まだ悔しそうな顔をしつつも、ホルガーは切なげに目を細めた。

「くそっ、必ず……だぞ。あと、さっきのあれ、俺が……大事っての、元気になってから、もっぺん……言え」

「……何故だ」

「今は……正直、すぐに目がかすんで、あんたの顔が……よく、見えねえ。どんなツラして……そんなこと言ってんのか、わからんのが、悔しい。だからだ」

荒い息の合間に言葉を吐き出し、ホルガーは発疹だらけの顔で苦しげに、けれど口元だけで笑ってみせる。

「心得た」

ロテールは静かに頷くと、抱擁を解いて立ち上がった。そして、「今しばらく待て」と言い残し、足早に寝室を出て行った。

ロテールが戻ってきたのは、それから半日後のことだった。

もはや昏睡《こんすい》に近い眠りに落ちていたホルガーを抱き起こした彼は、いつにも増して酷い臭いの液体が入った素焼きの鉢を、彼の口元に押し当てた。

「ホルガー、起きろ。薬が完成したぞ」

「………」

しかしホルガーは、微かに瞼を震わせただけで、もはや返事どころか、目を開く元気もなかった。意識を保っているのが精いっぱいで、それすらも危うい状態に陥っていたのである。

そんな瀕死のホルガーの上半身をみずからの身体で支えたロテールは、ホルガーの耳元に口を寄せ、噛んで含めるようにこう囁いた。

「薬はできた。だが、初めて調合した薬だ。本当にこの疫病に効力があるかどうか、確証はない。あるいは酷い副作用が出るやもしれぬ。それでもわたしはこれを、お前で試すつもりでいる。このままではお前が明日の朝を迎えることはないからだ。己の身体ゆえ、そのことはお前がいちばんわかっていよう」

わかっていると言いたげに、ホルガーは一つ瞬きした。岩のようにひび割れた唇が微かに動き、何かをロテールに伝えようとする。

あんたを　しんじて　いる。

声にならない言葉は、確かにロテールに伝わった。

「それでよい」

落ちついた声音でそう言うなり、ロテールは異臭を放つ薬湯を、みずから口に含んだ。

そしてそれを、口移しでホルガーに少しずつ与え始めた……。

＊　　＊

朝の光が顔の上でちらつく。まるで、幼い子供に、遊ぼうとしつこくまとわりつかれているようだ。

ホルガーは眩しさに呻きながら目を覚ました。ゆっくりと、瞼を開く。

「ん……」

ずいぶんと、身体が楽になっている。全身の不快な痛みや息苦しさは、いつしか拭ったように消えていた。熱もかなり下がったようだ。ただ、何か大きなものが身体から抜き取られたように、虚脱感が酷い。

ホルガーは、薄暗い室内で思わず深い息を吐いた。

窓から差し込む清浄な陽光に、生き延びたのだと実感する。

気怠さに耐えて手を上げてみると、僅かな痕跡を残し、あのおびただしい発疹も消えかけていた。

（あいつが……大事な角を削って作ってくれた薬……効いたんだな）

「あ……」

ふと気付くと、右の脇腹が妙に温かい。見れば、枕元の椅子に掛けたロテールが、ベッドに突っ伏して眠っていた。

不眠不休、食事すらせずに何日も研究に没頭していたというのに、薬を投与した後、ホルガーの容態を見守っていたのだろう。ホルガーの脇腹に軽く乗り上げた状態で精根尽き果てたように眠るロテールの顔は、いつになく安らかで、子供のように無防備だった。

その寝顔をじっと見つめるホルガーの胸に、温かなものが満ちていく。

「ありがとうな」

乱れた黒髪をそっと撫でると、ロテールはまるで魔法が解けたかのようにぽっかりと目を開いた。そして頭だけを少し持ち上げ、黒い瞳でホルガーを見つめる。

「効いたぜ、薬。人体実験、成功だ」

「人体実験ではない。試験的投薬だ」

起き抜けだというのにホルガーの言葉にやけにきっぱりと異議を唱え、それからロテールは、長い長い溜め息をついた。肺の中が空っぽになるにつれて、頭が少しずつ下がっていき、再びホルガーの胸の上にぽすっと落ちる。

そのあまりのぐにゃぐにゃぶりに、病人のホルガーのほうが心配になって、思わず枕から頭を浮かせた。

「おい、大丈夫か？」

「長らく忘れていたものが……戻ってきた、気がする」

「あ？」

「お前に幾度か薬を与え、水を飲ませ……それから、苦しそうに眠るお前をずっと見ていた」

緩やかに上下するホルガーの胸に頬を押し当てたまま、ロテールはボソボソと告白した。

ホルガーは戸惑いながらも、そんなロテールの頭を撫で続ける。

「ああ」

「初めて調合したまったく自信のない薬をお前に与えて、もしものことがあったらと、初めて全身が震えた。このまま、病ではなくわたしの薬のせいでお前の息が止まったら、あるいは心臓が止まったら……そう思うと、自分の心臓が奇妙な脈の打ち方をした」

「お、おい」

「ようやくわかった。あれが、怖いということなのだな。竜を前にしても、恐怖など感じなかったものを。お前を失うかもしれないと考えたとき、懐かしい感情を……怯える心を思い出した。幼い頃には知っていたはずなのに、ずっと忘れていたものだ」

「ロテール……」

「そして今、お前が目を覚まし、わたしの心は満ちている。わたしはかつて、大切なものを己が強欲のために失った。だが、今回はこの手で、大切なものを……お前の命を守ることができた。これが……これが、幸せ、というものなのか」

「……ああもう、あんたは」

まだあまり力の入らない腕を動かし、ホルガーはロテールの頭にあった手を、背中に伸ばした。それだけで、彼が求めているものが何かを悟ったのだろう。ロテールはベッドに上がり、ホルガーの上に身を投げる。

毛布越しにロテールの再び痩せ細ってしまった身体を抱いて、ホルガーは満ち足りた溜め息をついた。

「確かに、俺は生きてるんだな。あんたの身体の重みも、あったかさもわかる。世界は明るくて、あんたは……そんな顔、初めて見たぞ。ちゃんと笑ってるな」

「わたしが？」

ホルガーの驚きを滲ませた声に、ロテールはもっとビックリした様子で自分の頬に触れる。そして、感慨深そうに呟いた。

「本当だ。一生消えない罪を背負ったとき……あの角を手にしたときから、心から笑える日など二度とないと思っていたのに。何より大切な、お前が生きている。それだけで、わたしは笑えてしまうのだな」

「約束どおり、もっぺん言ってくれたな。俺が大切だって。しかも、そんな綺麗な笑顔がついてくるたぁ、予想外もいいとこだ。あんたを信じて、死ぬ気で踏ん張ってよかったぜ。さすがにしまいのほうは、薬が間に合わねえかと思った」

「……わたしもだ」

「おいおい。俺を死なせはしないとか、大見得切ったのは誰だよ」

「嘘も方便というだろう」

まだ笑みを残したまま、けれどいつもの涼しい顔で、ロテールは嘯《うそぶ》く。ホルガーの疲れ切った顔も、徐々に笑み崩れた。

「ちぇっ、よく言うぜ。……けど、ありがとな、ロテール。俺を生かしてくれて、俺を何より大事だって言ってくれて……俺のために笑ってくれて」

そう言いながら、促すように、ホルガーの手はロテールの頰を包み込む。

初めて互いの心を通わせ、互いの存在を確かめ合い、二人は深く唇を重ねた。

干涸らびた土が水を求めるように、ホルガーは飽きずロテールの唇を貪る。ロテールもまた、みずからが救った命を確かめるように、ホルガーから離れようとはしなかった……。

驚いたことに、翌日からホルガーは、ふらつきながらもロテールの作業を手伝い始めた。ロテールは「まだ安静が必要だ」と険しい顔で言ったし、実際、薬が効いたとはいえ、身体は内臓に石でも詰められたように重く感じられる。

それでも、今度は町の人々のために特効薬を大量に作るというロテールの新たな戦いを、ただ寝転がって見守るなど、ホルガーには我慢ならなかったのである。

厳密さを要求される計量や実際の調合はロテールにしか出来ない作業だが、薬草を刻んだり、鉱物を磨り潰したりと、力仕事の比重は決して軽くない。油断するとくずおれそうな身体を叱咤し、ホルガーはロテールの傍らで働き続けた。

数日後、二人の努力が実って完成した大量の特効薬は、救護所で苦しんでいた多くの町民の命を救った。

疫病の流行は徐々に下火になり、やがて、みずからも疫病から九死に一生を得た町長の決定で、ついに城門が開かれた。

二ヶ月にわたる「隔離生活」は終わりを告げ、次第に人や物の出入りが復活し、町は少しずつ日常を取り戻していった。

ロテールとホルガーは町の救世主として大いに讃《たた》えられ、気が抜けて再び寝込んでしまったホルガーも、ロテールの薬湯で日に日に元気を取り戻した。

そして、いよいよ明日からパン屋の仕事を再開しようという夜、ホルガーとロテールは、ホルガー宅の台所で夕食を共にした。献立はキャベツと牛すね肉の煮込みと実に質素なものだったが、疫病の収束とホルガーの全快を祝して、二人は久しぶりにリンゴ酒で乾杯した。

外には雪がちらつき、朝までに少しは積もりそうだが、台所では暖炉に火が赤々と燃え、室内は心地よく暖かい。

食後、ホルガーは翌朝のためのパン生地を張り切って捏ね始め、ロテールはグラスの底に僅かに残ったリンゴ酒を舐めるように飲みながら、それを眺めていた。

ホルガーが全身を使って生地を捏ねると、小麦の香りが辺りに漂い始める。彼は大きめの塊にまとめたパン生地を細長い木箱に収め、上に麻布を掛けて台所の隅のやや寒い場所に置いた。そうしておけば、生地は一晩かけてゆっくりと発酵するのだ。

「やけに熱心に見てたな。俺がパン生地を捏ねるところなんて、もう見飽きたろ」

「パン生地を見ていたわけではない」

グラスを置いて、椅子に掛けたままのロテールは静かにそう言った。使った器具を片付け、作業台の上を綺麗に拭き上げながら、ホルガーは片眉を上げる。

「じゃあ、何を見てたんだ？」

「お前を。疫病のせいで、ずいぶん痩せた」

そう指摘され、ホルガーはまくり上げたシャツの袖から覗く自分の腕を見て苦笑いした。

「違ぇねえ。けどそりゃ、お互い様だろ。あんたもまた、痩せっぽちに逆戻りだ。お互いしっかり食って、取り戻さなきゃならん。明日からは、また俺の焼いたパンを食わせてやるからな。ようやく、芋三昧の日々にはおさらばだ」

「……芋では不満だったか」

ロテールは眉根を寄せた。ホルガーと想いを確かめあった日から、ロテールは少しずつ表情豊かになっている。そうはいっても、喜怒哀楽が僅かに顔に出るようになったという程度なのだが、長らく無表情だったこの魔法使いにとっては大きな進歩なのだ。

「いや、別に不満じゃねえけど。たとえ不満でも、あんた、それしか出来ねえんだしな」

ホルガーは、くつくつと笑った。

彼が寝込んでいる間、やむを得ず食事はロテールが用意していたのだが、出来る料理といえば、買ってきたチーズを切ること、燻製の魚の身をむしること、そして何でもかんでも、とにかくぐらぐらと茹でることだけだ。

おかげでホルガーは、ロテールが普段、薬の調合に用いている大鍋で茹でた、微妙に薬臭い芋やソーセージで腹を満たし続けてきたのである。

むくれて腕組みし、薄い唇をへの字に曲げてしまったロテールに、ホルガーはまだ引っ込められない笑いをどうにか嚙み殺しつつこう言った。

「怒るなよ。薬の臭いのする芋なんて、そうそう食えるもんじゃねえ。貴重な体験をしたさ。おかげで、パン生地を捏ねるのに不自由ない程度には力が戻ってきた」

それを聞いたロテールは、まだ不機嫌な顔のままボソリと言い返した。

「そのようだな。ならば、わたしと情を交わすだけの力も戻っていよう」

「……ッ!?」

実に格調高い言葉で「お誘い」を受け、ホルガーは目を白黒させた。内心の動揺を物語るように、眼鏡がズルリと鼻筋を滑り落ちる。

「な……なんだと?」

「お前は以前、わたしの奉仕を拒否してこう言ったな。そういうことは、互いが求め合っているときのみ行うべきだと」

「う……お、おう、言った、気が、する」

ロテールは音も立てずに立ち上がり、ホルガーを見据えて淡々とした口調で言った。

「お前が死神から逃れた日よりずっと、わたしはお前を欲している。だが、お前の力が戻る日を待っていた。……だから今、訊いているのだ。お前もまた、わたしを未だに欲しているのかと」

問いに対するホルガーの反応は、布巾を作業台に叩きつけ、大股にロテールに歩み寄ると、背骨が折れるほどの勢いで抱き締めることだった。

「まわりくどい！　それでもって、当たり前だろ！」

「ゲホッ……確かに、体力は十分なようだな。そして、わたしがお前を想っていると告げるたびに、お前はそうして怒るのだな」

あまりにも強い抱擁に咳き込みながらも、ロテールはどこか笑みを含んだ声でそう言った。ホルガーのほうは、弾みで床に落ちた眼鏡を安全な場所まで蹴り飛ばし、荒々しい声を出す。

「怒ってんじゃねえよ。こっちだって、さんざっぱら盛り上がったと思ったら、翌日から朝から晩まで薬を作る生活で、何かこう、お預けを食らった犬みたいな気分だった。だけどあんたはいつも涼しい顔だし、あんま喋らねえし、口説き直すタイミングが摑めなかっただけだ。ずっと、ジリジリしてた」

「そうか。それはすまない。黙って待っていてはいけなかったのか」

どこまでも大真面目に謝るロテールに、ホルガーはようやく気分を鎮め、腕の力を幾分緩めた。

「謝ってもらうようなこっちゃないさ。それより、あんたこそ……いいのかよ」

「何がだ」

ホルガーは、恐ろしいほどまっすぐ自分を見つめてくるロテールに、どこか気まずげに言った。

「ホントに俺でいいのかってこった。俺は、パンを焼く以外、能の無い男だぞ」

するとロテールは、微妙に切れ長の目を見開いた。彼としては、中程度の驚きを示している顔つきだ。

「お前の焼くパンは、嫌いではない」

「嫌いではないと来たか。たまには、好きって素直に言えよ」

「好きという言葉は、お前に対してのみ用いるべきかと思ったのだが」

「……また、そういうことを不用意に、あんたは！」

不意打ち、しかもストレート極まりない睦言に、無骨なパン職人は言葉に詰まる。ロテールは薄く微笑し、チュニックの下で微妙に右の腿を上げた。

「くっ」

途端に、ホルガーは息を詰める。さっきの一言でつい反応しかかったものを、服越しにロテールの腿に押し上げられてしまったのだ。

「わたしは、人の気に敏いと言っただろう。どうやらお前の身体の中では、ここがもっとも素直なようだ」

「ば……っかやろう」

先に口説いたのは自分のほうなのに、ことごとく主導権をロテールに取られて、ホルガーは困惑と悔しさで唸る。さらに何か言い募ろうとしたロテールの唇を、彼はいささか乱暴なキスで塞いでしまった。

「むぐ……ん……」

不意を突かれて鼻にかかった声を漏らしながらも、ロテールはホルガーを拒みはしなかった。

痩せたとはいえ大きな身体に包み込むように抱かれたまま、薄い唇を貪られるに任せる。押し入ってくる舌に言葉を絡め取られても、声にならない思いは、口移しに互いに伝わった。

もつれ合うように奥の部屋へ続く扉を開け、すぐそこにある質素な木製のベッドに倒れ込む。荒っぽく脱いだブーツは、床にばらばらと放り投げられた。

ベッドを覆う洗いざらしの上掛けにロテールを組み敷き、ホルガーは幾分息を乱しつつも気遣わしげに問いかけた。

「寒くないか？」

肌触りのいい布の上に横たわったロテールは、小さく首を横に振る。乱れて広がった黒髪は、まるで水の中の海草のようだった。

実際、小さな寝室はちょうど台所の暖炉の裏側に位置するので、ほどよい熱が伝わって、真冬といえども決して凍えるほどではない。

「今から身を寄せるのだ。寒かろうはずがない」

落ち着き払った声音でそう言い、ロテールはホルガーのシャツの襟元を留める紐を解いた。

「お……おう。なあ、ここまで来て言うのも何なんだが」

「何だろうか」

ホルガーも、ロテールのチュニックをどう脱がせようかと思案しながら、白状した。

「俺ぁ、男は初めてだ。まあ、やることはわかってるし、この体勢だと、俺が抱くほうってことになるんだろうが、その、一応、あんたの意向も、だな」

羞恥でしどろもどろになるホルガーに対して、ロテールはやけに冷静に言葉を返す。

「わたしなど、他人と肌を合わせること自体が初の試みだ。体格差を考えれば、お前がわたしを抱くのが妥当だろう。安心するがいい。その点において、こだわりはない」

「お……おう、そうか。じゃあ……えっと」

ことここに来て狼狽えるホルガーを見上げ、ロテールはみずからチュニックを脱ぎ捨てた。そして、ホルガーの大きく開けたシャツの胸元を摑み、ぐいと引き寄せた。

「うお！」

「そう思い悩まずとも、お前の心身が欲するままに振る舞えばいい。わたしは、早く知りたいのだ。心を通わせただけで、こうも温かな想いをもたらしてくれたお前と、身体をも繫ぐとどうなるのかを」

そして、今度はロテールのほうから、ホルガーにキスを仕掛ける。たっぷりと互いを味わった後、ようやく唇を離したホルガーの顔からは、さっきまでの迷いは拭ったように消えていた。

「わかった。俺も知りたい。好きな男と寝るってのが、どんなものか……。あんたが、どんな風になるのか。それを想像しただけで、情けないが、ちっとばかしやばい感じだ」

微妙に上擦った声で言いながら、ホルガーは乱暴にシャツを脱ぎ捨て、ロテールのシャツに手を掛けた。こちらはあくまでも丁寧に、けれどもどかしそうにボタンを外していく。

「わたしが、自分で」

「こういうのは、脱がせるのも楽しみのうちなんだ。やらせろよ」

ロテールの手を優しく払いのけ、ホルガーはボタンをすべて外し、ロテールのシャツを左右に大きく開いた。

「……痩せっぽちめ」

露わになった雪のような白い肌に、ホルガーは思わず毒づく。ここしばらくの苦難のせいで、ロテールの胸にはクッキリと肋骨のシルエットが浮き出していた。

本来ならば貧相に見えるはずのその身体には、竜を鎮めようとして負った傷痕がまだそこここに赤い引き攣れとして残っている。

(こんなに細っこい身体で、こいつは竜に立ち向かったんだよな)

そう思うと、ロテールの痩躯が力強く、たまらなく扇情的に思えてくる。

ヒンヤリした滑らかな肌の感触を楽しみながら、ホルガーはごつい手のひらを首筋から胸元に這わせた。

「……っ」

指先が胸の頂きを掠めたそのとき、ロテールが小さく息を呑んだ。思いがけない敏感な反応に、ホルガーは驚いて手を止める。

「もしかして……いい、のか？」

自分の反応に驚いたのか、ロテールは片手で目元を覆い隠し、早口に言い返した。

「わからない。だが、お前の手が触れたとき……身体の中を小さな稲妻が走ったような気がした」

「……それを、たぶんいいって言うんだよ、世の中じゃ」

いかにもロテールらしい返答がホルガーには可笑しくて、愛《いと》おしい。ロテールのシャツを脱がしながら、ホルガーは唇と荒れた指先、それに手のひらで、細い首を、薄い首を、そして儚いほどほっそりした腰をくまなく探った。

「……ふ……っ」

吐息混じりの微かな声を漏らし、ロテールはじれったそうに身を捩る。冷たかった皮膚が次第に熱を帯び、肌が上気していく。

いつもは冷静沈着なロテールが静かに乱れていくのを感じて、ホルガーもまた、男の野性を大いに煽《あお》られていた。

まだ触れられてもいないのに、ホルガーのものは下履きの中で痛いほどに張り詰めている。そしてロテールの股間も、ホルガーよりはずっとささやかであるものの、確かな盛り上がりを見せていた。

「身体が……あつ、い」

掠れた声で呟いて、ロテールはゆるゆると膝を立てる。その動きに誘われるように、ホルガーはロテールの脚からズボンを下履きごと引き下ろした。頼りないほど細い両脚の間に、自分の身体を割り込ませる。

「もっと熱くなる」

余裕のない声でそう言って、膝立ちになったホルガーは自分のズボンを脱ぎ捨てた。熱を帯びた肌を合わせ、触れ合った互いの昂ぶりを大きな手で包むように握る。

「あっ……は、はっ」

緩く手を動かすと、ロテールは初めて尖った声を上げた。再び顔を隠そうとするのを、ホルガーは片手で制止する。

「み……見る、な」

うっすら赤みの差した頬を羞恥に歪ませ、ロテールは顔を背けようとした。だがホルガーはそれも許さず、細いオトガイを捉えた。

「どうしてだよ。恥ずかしいのはあんただけじゃない。俺だってだ。けど、あんたには全部見せる。……大事に思ってるからな」

ホルガーの朴訥な言葉に、ロテールは潤んだ黒い瞳でホルガーの双眸を見つめる。

「全部、とは？」

「全部だ。余裕なんかなくてみっともないのも、がっついて、酷くしちまいそうなのを必死で我慢してるのも、あんたがほしくて、盛りのついたガキみたいにカチカチなのも」

「なるほど……あっ、あ、ぁ」

話に気を取られていたロテールは、ホルガーに再び愛撫を再開され、抑えきれず甲高い声を放った。

「それでいい」

自分も興奮で息を乱しながら、ホルガーは両手で二人のものを同時に扱《しご》き上げる。幾分おとなしやかだったロテールのそれも、たちまち固く張り詰め、反り返った。互いの先端から滲み出す滑らかな液体のおかげで、ホルガーの手の動きも次第に滑らかになっていく。

たっぷりと指が先走りに濡れたところで、ホルガーはロテールの後ろを探った。

「なあ……ここを誰かに触られたことは？　その、つまり、あんたの師匠とか」

唇の動きだけで、ロテールは「ない」と答える。

「そっか。……その、最善は尽くすが、気持ちよくしてやれなかったら許してくれ。何しろ、初めてなんでな」

そう言い訳しながら、ホルガーはいかにもおっかなびっくりで、固く閉ざされた場所に太い人差し指を差し入れる。濡れた指は、難なくロテールの熱い腔内に滑り込んだ。

ロテールはホルガーのたくましい肩に手を掛け、初めて味わう違和感に眉根を寄せて耐えた。

「は、あッ」

幾度も角度を変え、深さを変えて内部を探られるうち、ロテールの声が急に高くなった。

「ここか……？」

ホルガーが同じ箇所を引っ掻くようにすると、ロテールは激しく首を振った。苦痛ではなく、強すぎる快感を覚えていることは、上掛けが引き攣れるほど力の入った足の指と、ますます熱を帯び、脈打つ楔《くさび》でわかる。

「ふ……っ、ん、も、う……ホルガー……っ」

中途半端な刺激がもどかしいのか、ロテールは熱に浮かされたように続きをせがむ。

その、ついぞ聞いたことのない艶めいた声と切なそうな顔に、ホルガーはゴクリと生唾を飲んだ。出来るだけ優しく、時間をかけてやりたいと思っていたが、ロテールよりも、ホルガーのほうがすでに我慢の限界である。

「いいんだな……？」

ホルガーが掠れた声でもう一度念を押すと、ロテールは少し怒ったような顔で、ホルガーの肩を摑む指先に力を入れ、爪を立てた。その痛みが、何よりの肯定の返事である。

「できるだけ、ゆっくり……するから」

まるでこれからロテールに与えるとわかっている苦痛の言い訳をするように、ホルガーはどこか済まなそうにそう囁いた。そして、ロテールの両脚を自分の肩に担ぎ上げると、猛《たけ》りきったものを後ろに押し当てる。

「……ぐ……うっ、ぅ」

こうした行為は初めてだという言葉に偽りがないことは、先端を挿入《そうにゅう》しただけで酷く力が入り、強張ったロテールの全身が物語っていた。生まれて初めての経験には、さすがに緊張するのだろう。

あまりにもきつく締め付けられ、ホルガーもまた苦痛に顔を歪めながら、ロテールを宥めるように、汗ばんだ額にキスを落とした。

「ゆっくりするって言ったろ？　心配ない。ちょっとずつでいいから、力、抜いてくれ。嚙みちぎられそうだ」

「そんな……っ、ところ、に、歯……は、ない……」

こんなときまで律儀に抗弁しつつも、ロテールは努めてゆっくり息を吐き、必死で呼吸を整えようとする。幾分、締め付けが緩んだことを感じたホルガーが、萎えかけた前を優しく扱いてやると、ロテールの痩躯から力が抜け、軟らかさを取り戻した粘膜が、ホルガーを誘い込むようにねっとりと蠢《うごめ》き始めた。

それを見計らい、決してロテールを傷つけないように、ホルガーは逸《はや》る気持ちをグッと抑え、少しずつ分身をロテールの体内に収めていく。

きつく目を閉じてホルガーを受け入れようとしていたロテールは、ゆっくりと瞼を開き、ホルガーの名を呼んだ。

「これが……身体を繋ぐ、ということか」

ホルガーは荒い息を吐きながら、ロテールの頬を撫でた。口角のすぐ脇にキスを落とし、耳元で囁く。

「そうだ。あんたの中に、俺がいる。わかるか?」

ああ、と吐息混じりに答え、ロテールは両腕をホルガーの太い首に回した。

「ホルガー、お前がわたしに与えたような熱が、今、わたしからお前に流れ込んでいるだろうか。わたしは、お前を恋うていると思う。そのことに、間違いはなかろうか」

「……間違いなんかねえよ、馬鹿。あんた、いつも肌が冷たいくせに、腹ん中は恐ろしく熱いな。ああ、その小難しいことばっかし言う口よか、あんたの身体はよっぽど正直だ」

「な……はあっ」

言い返される前に、ホルガーはゆるりと腰を動かした。太い楔を半ばまでひき抜くと、逃がすまいとするかのように、柔らかな襞が絡みつく。再び押し込むと、ロテールはしなやかに背中を反《そ》らせ、ホルガーの唇を求めた。

激しい呼吸の合間に幾度となく口づけを交わしつつ、ホルガーの動きはどんどん速く、激しくなっていく。ホルガーの首筋から広い背中に回されたロテールの手に、ぐっと力がこもった。ガリリと爪を立てて引っ掻かれ、その痛みすら快感に変わっていく。

「も……もた、な……っ、あ、あ、ぁ」

ロテールの声は切なげに掠れ、単調に、間隔が短くなっていく。

「我慢する必要は……ねえよ。俺も……っ、じき、に」

「は……あ、ああっ……」

押し殺した悲鳴に似た声と共に、ロテールの身体が跳ねる。しなりきった茎から、白い飛沫《ひまつ》が削げた腹に飛んだ。それと同時に、彼の狭い内腔も細かに痙攣《けいれん》し、中にいるホルガーを追い詰める。

「くッ……」

低く呻いて、ひときわ強くロテールを突き上げ、ホルガーも動きを止めた。ロテールの

中で、ビクビクと断続的に自分のものが脈動するのがわかる。

ゆっくりと弛緩《しかん》し、ロテールの上に倒れ込みながら、ホルガーはロテールの両腕が、優しく自分を抱くのを感じていた。


嵐のようなひとときが過ぎ、汗が引くと、さすがに肌寒くなってくる。二人して毛布の下に潜り込み、身を寄せ合って、ホルガーは照れ隠しのようにロテールに問いかけた。

「で、感想は？　何がわかった？」

ホルガーのいささか固すぎる腕枕に頭を委ねたロテールは、少し考えてから、もさもさとかぶりを振った。

「何かを考える余裕など、なかった。ただ、お前と肌を合わせていると……」

「いると？」

幾分気怠げに、けれど面白そうに、ホルガーは先を促す。ロテールは、やはり考え考えこう言った。

「お前の鼓動にわたしの鼓動が重なり、体温が等しくなり、同じ苦痛と快楽を味わい……互いの境界が、酷く曖昧になる気がした」

「相変わらず難しいな、あんたの話は。そりゃつまり、どういうこった？」

苦笑いするホルガーに、ロテールはすっかりいつものすまし顔でこう言った。

「昔、師匠に……アレッサンドロに触れられ、自慰を強いられていたとき、わたしは、これは一方的な奉仕であり、搾取《さくしゅ》されていると感じていた」

「……お、おう」

このタイミングで、かつてロテールの身体を弄んだ男の名を口にされ、ホルガーは実に複雑な顰めっ面になる。だがロテールは、静かにこう続けた。

「だが、お前との行為は違う。奪うのでも、捧げるのでもなく、ただ互いの距離を限りなく無に近くし、何もかもを分かち合っているのだと……そう感じたのだ」

「つまり、そりゃ、良かったってことか?」

「これまでの人生で、これほどまでに安らぎ、満たされたことはない。……悪くはない」

「また、『悪くはない』かよ」

「先刻も言ったが、それは……」

「わかってる。『好き』は、俺のためだけの言葉なんだろう?」

ロテールの言葉を遮り、出来うる限りの甘やかなキスを不満げに尖らせた唇に贈ったホルガーは、それでもどこか不安げにこう言った。

「そりゃ嬉しいが、魔法使いとパン職人か。何とも奇天烈な組み合わせだな。俺じゃあ、あんたには釣り合わない気もするが」

するとロテールは、ほんの少し毛布から手を出し、壁を指さした。

「何を言う。お前はただのパン職人ではあるまい」

そこには、ホルガーが壁に釘を打ってぶら下げた、小さな銅のメダルがある。先日、町長から疫病の治療に対する功績を称え、直々に授与されたものだ。

メダルには、こう彫りこまれている。

『魔法使いの片腕にして、勇敢なるパン職人』と。

「正確を期すなら、我が片腕ではなく、片翼と刻ませるべきであったな」

大真面目に、けれど酷くはにかんだ顔で、ロテールは呟く。それはとても人間らしい、情愛に溢れた表情だった。

「俺が翼かよ。ったく、次はどこへ連れていかれるやら。……ま、いつだってついていってやるよ。あんたは危なっかしくて、ひとりではどこへもやれんからな」

ようやく恋人となった魔法使いをもう一度抱き寄せたホルガーは、そんな諦め半分の誓いの言葉を口にする。

「では、早速明日、薬草摘みに付き合ってもらおう。なに、昼間に数時間あれば片付く」

「おい、片翼ってなぁ、こき使っていい相手って意味かよ」

「そうではない。わたしはただ、いかなるときもお前と共にありたいのだ」

無意識の殺し文句を口にして、ロテールは「お前は違うのか」と言いたげにホルガーを見つめる。

「ああ、くそ。俺はこの先一生、こうやって尻に敷かれるわけか」

悔しそうな言葉とは裏腹の笑顔でそう言い、ホルガーは「俺もだよ」とぶっきらぼうに付け加えた。そして、ロテールの体温と重みを全身で味わいながら、幸せな大あくびをしたのだった……。

あとがき

こんにちは、椹野《ふしの》道流《みちる》です。

一作目、「されどご主人様《マスター》」の続編をお届けすることができて、本当に嬉しいです。巻末で大怪我をしたロテール兄さんを迎えに来ることになっていた「謎のパン屋」の正体が、本作でとうとう明らかになりました。

でっかくて優しくてほどほどにお料理上手なパン職人、ホルガーさんです。

つらつら考えるに、これまで私が書いてきた眼鏡キャラはおしなべてどちらかといえば受のほうだったので、攻キャラ眼鏡というのは、けっこう珍しいチャレンジだったりします。

とはいえ、ストーリーの雰囲気自体は、何だかとても私らしく、相変わらず四畳半感覚のお話です。しかも今回は、何故かかわりと交互に寝込む構成です。

無骨で力持ちで世話焼きのホルガーさんと、人の心の機微が今ひとつ理解できていない、さらに自分のことにはまったく無頓着なロテール兄さんが気持ちを通わせ、互いを深く想うようになる過程を丁寧に書いていくのは、とても楽しい作業でした。

望むらくは、読んでくださった方にも、近所に住んでいるぶきっちょなカップルを見守るような気持ちで、うんと楽しんでいただけますように……！

今回は、前作のカップル、ロテール兄さんの弟弟子カレル君と、大精霊だけれど、ひょんなことからカレル君の使役となったスヴェインさんも少しだけ登場します。

ホルガーさん視点のあの二人というのも、ちょっと楽しいかもしれません。

また、カレル君とスヴェインさんから見た、ロテール兄さんとホルガーさんというのも語られていて、これまたちょっと面白いかもしれないポイントです。

それから、今回も隙あらば食べてばかりです。これからお読みになるという場合は、何か素敵なおやつをご用意いただいたほうがいいかもしれません。勿論、その場合はパンがお勧めです。


今回も、お世話になった方々にお礼を申し上げさせてください。

イラストを担当してくださったウノハナさん、キャラララフでホルガーさんを見た瞬間から、ニヤニヤが止まりませんでした。イメージぴったりどころか、私がイメージし損じていたところまできっちり補完していただいていて、感動しました。ありがとうございました！　これは私と担当さんだけの役得なのですが、キャララフに描いてあった、ロテール兄さんを力一杯ぎゅーしているホルガーさんの可愛さったらありませんでした。読者さんにもお見せしたいくらい……！　本当に、ありがとうございました。

それから担当Nさんも、「眼鏡マッチョが書きたい」という私の宿願を叶えてくださり、ありがとうございました！「萌えました」でも「ときめきました」でもなく、「変な顔になりました」と褒めて（？）くださったことが、何より記憶に残っています。

そしてデザイナーさんはじめ、この本が書店に並ぶまでにお世話になった皆様、この本を手に取ってくださった皆様にも、心からの感謝を。本当に、ありがとうございます。

いつか、ロテール兄さんとカレル君が一緒に魔法を使うストーリーも書いてみたい……なんて希望をそっと語りつつ、また、何らかの作品で近いうちにお目にかかります。

それまでごきげんよう。どうぞ、健やかにお過ごしくださいませ。

椹野　道流　九拝

従者《フォロワー》にあらず

プラチナ文庫をお買いあげいただき、ありがとうございます。
この作品を読んでのご意見・ご感想をお待ちしております。

★ファンレターの宛先★

〒102-0072　東京都千代田区飯田橋3-3-1
プランタン出版　プラチナ文庫編集部気付
椹野道流先生係 / ウノハナ先生係

各作品のご感想をWEBサイトにて募集しております。
プランタン出版WEBサイト http://www.printemps.jp

著者――**椹野道流**(ふしの みちる)
挿絵――**ウノハナ**(うのはな)
発行――**プランタン出版**
発売――**フランス書院**
〒102-0072　東京都千代田区飯田橋3-3-1
電話(営業)03-5226-5744
　　(編集)03-5226-5742
印刷――誠宏印刷
製本――若林製本工場

ISBN978-4-8296-2563-7 C0193

されど
ご主人様《マスター》
椹野道流
Michiru Fushino
ご褒美をおねだりしてもいいですか
魔法使いの師匠を亡くしたカレルは、寂しさに耐えかねて傍にいてくれる使役を創ろうとする。しかし、現れたのは寝惚けた全裸の男！　主従契約は交わしたものの、スヴェインと名乗った彼は使役らしからぬ態度でカレルに触れてきて……。
Illustration:ウノハナ